窓のある書店から

新版

柳 美里

ハルキ文庫

角川春樹事務所

窓のある書店から

新版

柳 美里

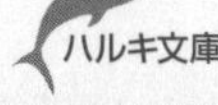

ハルキ文庫

角川春樹事務所

まえがき

子どものころに私が心を許せたのは、死者たち――、物語を書いて死んでいったひとたちだけだった。エドガー・アラン・ポー、小泉八雲、中原中也、そして太宰治――、私は部屋の暗がりや、近所の墓地の石段に座って彼らとの会話に熱中した。それが私にとっての読むという行為であった。

私は自分が読書好きかどうかわからない。もしかしたら本などたいして好きではないのかもしれないと思うことがある。しかし私が死者たちと会話するのは書かれた言葉を通してであり、言葉が創出する小宇宙が書物であるとすれば、私は長い間本のなかに棲んでいたのだ。

インターネットが今よりさらに普及すれば、この世からグーテンベルク以来の紙に印刷され綴じられた本が失くなるという説がある。筒井康隆氏のようにインターネットでしか小説を発表できなくなれば、私もきっとパソコンに向かうだろう。

もしこの世界から本が失くなれば、いったい他の何に、最初の一頁目を捲る、あのわくわくする心のときめきを求められるというのか。インターネットで詩や小説を読めたとしても、それが読書の総体とはいえまい。私にとっては、書店に足を運び、表紙や背文字を眺めて何が書かれているか思い巡らし、本たちの囁き(ささや)に耳を澄まして、一冊の本を選んで手にとることも読書の欠かせない一部なのだ。私は子どもが眠る前にベッドで絵本を開くのではなく、パソコンをじっと見詰めている姿など、想像したくない。フランソワ・トリュフォーによって映画化されたレイ・ブラッドベリの『華氏451度』の本好きのひとびとが文章を暗記することで焚書(ふんしょ)の危機に立たされた書物を守る、という状況になった方がまだましなのではないだろうか。

ウィリアム・サローヤンの短篇に、書物に関する感傷的ではあるが私の好きな話がある。ある少年が毎日のように図書館に行き本を眺めて長い時間を過ごしていた。少年は眺めているだけで手にとろうとはしない。ある日ついに不審に思ったオールドミスの司書が読みかけの本を閉じて、読む気がないならいったい此処(ここ)で何をしているの、と声をかける。少年は、難しくて読めないけれど世界の色んなことがいっぱい詰まった本を眺めているだけで冒険をしているような気分になるんだ、と答える。司書は微笑(ほほえ)んで、それなら好きなだけ眺めたらいい、と席に戻ってふたたび本を読みはじめる——。

山に登るのも、その山を眺めるのも自然と交歓するという意味では同じだ。図書館で本を眺める行為もまた読書といえよう。この少年は、室内装飾でもあるりっぱな書棚に並んだ本をうっとりと眺める愛書家よりも、もっと豊かな本との触れ合いをしていると思う。

　私に一番欠けているのは論理性である。論理的な思考を働かせなければならない書評や小説論は苦手だ。だが作家である限り、小説とは何かを考えないわけにはいかない。私は小説の探求を持続するために、本書に収めたような文章を自らに課し、重い荷物として引き受けたのだった。

　確かに書評を書くことによって、作家が小説をどのように書いたのかを受け止める訓練ができた。しかも私は批評家ではないので好きになれない本を取り上げる必要はない。どのように面白く読んだかを書けばよかった。

　本書は小説論と書評を集めたものではない。敢えていうなら、作家とその表現に関するエッセイ集である。私は、エッセイを小説の種子として書いてきた。原稿用紙数枚の短篇に思えるようなものに仕上がれば、それがもっとも望ましいエッセイだということになる。対象になるひとや出来事や言葉が私の内部を侵蝕し、それによって抗体として生まれるものが私のエッセイである。結果として私自身を描くことになる。

　私は書斎に隠って世界を窺うような作家にはなりたくない。読書もひとつの体験にしたいと考えてきた。読書によって知的な体験だけではなく、リアルな生に触れることができるのだ。読書という行為は、書物のなかに眠っている〈知〉と〈血〉を揺り起こすことである。

誰もが一度くらい本を携えて旅をしたことがあるだろう。思えば私は本を携えて流浪しつづけているに過ぎないのかもしれない、本の他に確かなものは何ひとつ無いのだから――。

本書は私の心の遍歴、旅行記だともいえる。

窓のある書店から〈新版〉　目次

Ⅲ

＊

I

韓の国にて

今年（一九九四年）七月八日から十二日まで、私は韓国にいた。私の戯曲『魚の祭』を韓国の劇団が上演するというので、プロモーションと初日を観るために渡韓したのだ。通訳は同じ歳（二十六歳）の大阪に六年棲んだことがある温喜静さんという女性だった。従って訳される言葉はすべて大阪弁――。

「同じ質問ばかりやな」喜静さんが私より先に苛立ちはじめた。

「そうやな。昨日のインタヴューでしゃべったことを繰り返してんか」僅か一日で私にも大阪弁が伝染ってしまった。

「祖国で自分の戯曲を上演することについてどう思うか」

「韓国語や韓国のことを勉強しようとは思わないのか」

このふたつの質問をどのインタヴューでも必ず打つけられた。予想していたので『魚の祭』の公演パンフレットにこう書いた。少々長くなるが引用する。

祖国のひとたちから見れば、私は典型的なパンチョッパリ（日本人化した韓国人に対する蔑称）であり、祖国文化の源（言葉）に無関心な生き方をしていると思えるかもしれない。しかし私が戯曲を書く根拠は、この私の生き方そのもののなかにあると確信している。

このことを理解してもらうのは困難だと思うが、試みてみよう。

演劇はいうまでもなく時間と空間の芸術であり、時間と空間を生み出すのは、ト書と俳優の肉体を通して語られる台詞である。私は母国語で書くことも喋ることもできず、他国の言語で芝居を書いている。それが、私の言葉を劇的にしていると考えているのだ。そして現代劇を必要としている国の言葉は、私の言葉との奇妙な関係と同じような問題を抱えているのだともいえる。

日本語を例にすると――、現代の日本人の四十代以下の世代は、私も含めて中世どころか江戸、明治時代の書き言葉さえ読むことができないに違いない。日本語の原になった漢文はほとんどのひとが読めない。つい二百年前の日本人が、現代の若者の会話を聞いても（私が韓国語を理解できないのと同じように）理解不能だろう。そして外国語の夥しい氾濫がある。日本人の手によって、英語に精通していなければ到底理解できないような文章が書かれている。

日本の現代演劇に大きな影響を与えたのは、サミュエル・ベケットの『ゴドーを待ちながら』であるが、イヨネスコの『授業』や『禿（はげ）の女歌手』もまた、繰り返し上演されてきた。イヨネスコのドラマツルギーは言語の解体である。いいかえれば言葉のアイデンティティ（私も英語で意味づけている）の喪失である。イヨネスコが他国の言葉をレッスンして、それが彼の劇世界に大きな影響を及ぼしたことは広く知られている。これは私が他国語で戯曲を書いている意味を少しは裏づけるものになるであろう。つまり言語は必ずしもアプリオリなものではないのだ。

在日韓国人として、日本語に対して日本人以上に気を遣っていたことが、私を戯曲作家へと導いたのだと思っている。

七月九日、私は劇場のそばで金日成（キムイルソン）が死去したという号外を受け取った。初日がはねた後、飲み屋で役者たちに酒を注がれ咽喉（のど）がなめらかになると、我知らず片（かた）言（こと）の韓国語が私の口から飛び出した。

「韓国語を覚える気はありますか」とプロデューサーの鄭鎮守（チョンジンス）に訊（き）かれた。

「ええ、まぁ……」

鄭氏は、あなたはアボジ（父）やオモニ（母）が喋るのを小さいときに聞いているから覚える気があったらすぐでしょう、と満足げに頷（うなず）いた。私は酔って真っ赤になった顔を鄭氏に向け、「わたしは韓国語を知らないのではなく、失（な）くしたのだと思っています」といったが、主演男優と盛り上がっていた喜静さんは訳してくれなかった。

同席していた新聞記者たちは芝居の話をしていたかと思うと、金日成の死が祖国統一に影響するのかどうか議論をはじめ、また芝居の話に戻るという風だった。喜静さんは彼らの話に小見出しをつけるように掻(か)い摘(つま)んで訳した。

私は業(ごう)を煮やして、「統一はいつごろなんですか？」と訊いてみた。

「早くて三年、遅くても十年のうちには統一できるでしょう」と朝鮮日報の記者が答えた。

七月十日。金日成の死が発表された翌日、鄭氏と喜静さんがホテルに私を迎えにきた。寝不足でうつらうつらしていると、鄭氏の運転する車は板門店(パンムンジョム)の近くにある統一展望台に到着した。駐車場はいっぱいだった。通常の三倍近い人出なのだそうだ。

「もしかしたら統一が近いかもと、居ても立ってもいられなくて、みんなここに集まったのでしょう」と鄭氏が呟(つぶや)いた。統一展望台に行くためにはたっぷり三十分は山道を歩かなければならない。日曜日のせいか家族連れが目立つ。子どもも老人も皆言葉少なに早足で坂を上っている。炎天下だというのにチマチョゴリを着込んでいる中年の女性が目立つ。

統一展望台で、イムジン河の向こうに存在する北朝鮮に目を凝(こ)らしているうちに、集まったひとびとと同じ希(ねが)いを抱いているような気がして、きつい陽射(ひざ)しに照りつけられている腕や背中に鳥肌が立った。

七月十二口。帰国（出国？）する日の早朝、私はＫＢＳのモーニングショーに出演した。

本番でニュースキャスターが打ち合せにはない質問をした。

「なぜ、韓国語でしゃべらないんですか？　韓国で芝居を上演するならば、韓国の言葉を学ばなければ駄目ですよ」

　喜静さんが訳す間もなく、彼の目の色と声の調子で何をいっているかわかった。生放送だった。

　でも、と反論しようと思ったが、時間もなさそうだったのでただ首肯くしかなかった。そして最後にカムサハムニダ（ありがとうございます）とぎこちない微笑みを拵えた。

　番組が終了した途端、女性キャスターが「せっかくきれいな顔をしているのに、なぜお化粧しないの？　お化粧しないでテレビに出るなんて――」と棘のある調子でいってきた。

　このときも、たび重なる御忠告、と日本語で呟いてから、カムサハムニダといって一礼してスタジオを後にした。慣れない海外旅行で、サンキューを繰り返している日本人みたいだなと思いながら――。

不自由な言葉

久間十義(ひさまじゅうぎ)氏から日韓文学シンポジウムに参加しないかと誘われたとき、困ったな、どうやって断ろうかというのが偽らざる気持ちだった。私は極端なひと見知りでひと前で話すことが苦手なので、参加する作家の方々とどのように接したらいいのだろうと考えるだけで、身が竦(すく)んだ。

出席を求められたのは私が在日韓国人だったからだろうが、韓国の文学者と対面したとき、挨拶(あいさつ)をしようにも言葉が出ず、赤面し冷汗をかいている自分の姿を容易に想像できた。しかしこんな理由で出席を断るわけにはいかない。

久間氏は「とにかく参加してくれるだけでいいんですよ」と私の胸中を察してくれたので、無様(ぶざま)な姿を晒(さら)しても仕方あるまいと覚悟を決めて、十一月十七日の早朝、島根行きの飛行機に乗り込んだのだった。

早速会場ロビーで私を困惑させる出来事が起こった。

仁荷(インハ)大学教授で評論家の洪延善(ホンヨンソン)氏が、旧知の友人を見つけたといわんばかりに親しみのこもった笑顔で「ユミリシ（氏）」と語りかけてきたのだ。私が韓国語を喋(しゃべ)れないとみてとった洪氏はすぐさま、「キャンユースピークイングリッシュ？」と訊(き)き、「アイキャント」と答えると、彼はロビーを見まわして通訳の姿を捜した。その隙(すき)に私の足は後退(あとずさ)りしはじめ、洪氏の視界から消えるしかなかったのだ。

私の戯曲『魚の祭』は九四年の七月から八月にかけて韓国の劇団によって上演され、パブリシティのために渡韓し、テレビ、新聞、雑誌のインタヴューに応じたことがあるので、そのどれかが洪氏の目に止まったのだろう。それからも彼はたびたび、なんとかコミュニケーションをとろうとして、躰(からだ)を固くして身構えている私に、屈託なく話しかけてくれた。

最終日、玉造(たまつくり)温泉で「お別れ夕食会」をするので、松江からバスで移動したのだが、隣合せになった洪氏は窓から見える風景のひとつひとつを指さし、

海　パダ、木　ナム、川　カン、子どもたち　エーツル、

などと単語を何度も繰り返して韓国語を教えてくれた。

作家の卜鉅一(ボクコイル)氏から、

「なぜ韓国語を学ばないのですか」

と訊(たず)ねられたとき、私の緊張はピークに達した。私は、いつか学ぼうと思わなかったわけではないがこの歳になって幼児の立場で言葉を学ぶことに屈辱をおぼえる、このような依怙地(いこじ)な性格であり、韓国語で小説を書く気は起こらないし、日本語ですら十全に使いこ

なせず書きながら学んでいるところだ、と理由を挙げた。

しかしそれは言訳に過ぎず、ほんとうのことをいえば、子どものころ私の両親は日常生活では日本語を使い、喧嘩になると韓国語を打つけあっていて、意味はわからないにしても文字通り耳を塞ぎたくなるほど厭な響きであり、今日一日どうか韓国語を聞かずに済みますようにと祈りながら生活していた経験から、韓国語を学ぶことに抵抗があるのだ、とト氏に説明した。

私が反論と追及を覚悟していると、驚いたことに、

「韓国以外の国で生まれ育った韓国人は、その国の言葉で書くべきだと思います。柳美里氏は韓国語を学ぶ必要はないでしょう」とあっさり同意してくれたのだった。

ト氏は「英語があらゆる社会で支配的な言語となる過程は、遅くとも二十一世紀のうちには終わるだろう」と全世界の小説家はいずれ国際語としての英語で小説を書くと予言している方だ。

シンポジウムが終了した翌日、日御碕灯台に行った折、私は地上四十メートルの灯台の螺旋階段を十分以上かけて上った。歩くのが嫌いな私が何故そんなことをしたかといえば、ひとりになりたかったからだ。やっとの思いで天辺に辿り着くと、先客がいて、顔を合せた瞬間韓国からの出席者だということがわかった。金炳翼氏だった。シンポジウムでは気難しい印象だったが、にこやかに名刺を差し出して私の目を覗き込み、まるで食事の誘

いでもするかのように、

「韓国に留学してみませんか。もしその気があったら連絡をください」

と日本語で語りかけてきたのである。

私は返答に窮し、ポケットからあわてて名刺を取り出して交換しようとしたそのとき、金氏の名刺もろとも風に吹き飛ばされてしまった。金氏は海の方へ舞い落ちる名刺を呆然（ほうぜん）と見ていたが、私は恥ずかしさと申し訳なさで真っ白になり、「すみません、もう行かないといけません、失礼します」と頭を下げ、脱兎（だっと）のごとく階段を降りたのだった。

シンポジウムでの私の発言を要約する。

私は日本語にも韓国語にも常に違和感を覚えてきた。しかし私はこの違和感こそが小説を書く動機と武器になってきたと考えている。このぎくしゃくとした不自由な言葉を使って書きつづけるしかないと思う。言葉は私を傷つけ血を流させるものだ。

これに申京淑（シンギョンスク）氏が「柳さんの心情がそのまま私のなかに入ってくる。しかし私に使えるのは韓国語だけで、母国語という概念がないほど私の体の表現になっている」と応えた。

私と申氏の発言を中沢けい氏が「今のふたりのやりとりは今日の収穫だった」と評価し、津島佑子（つしまゆうこ）氏の「どんな言葉を使っても不自由があるからこそ私たちが文学をやるのだし、言葉に対する不信感を共有しているからこそ、ここに集まっているのではないか」という発言もあった。

他に日本の作家の方々との交流もあったが、これが私の二泊三日の島根での体験だった。

〈注〉申、中沢、津島の三氏の発言は「東京新聞」の記事から引用している。

「〝恨〟を越える」ということ

この映画（『風の丘を越えて――西便制（ソピョンジェ）』）の監督である林權澤（イムグオンテク）氏は崔洋一（さいよういち）氏との対談で、「結局私たちは今も民族全体がさすらい生きているという考えを常にもっています。（中略）それは我々民族が統一し、完全にひとつになって地に根ざした歳月を過ごさなければならないのに、まだ何もできていないという意味です」と語っている。『風の丘を越えて』の主な登場人物は、旅まわりのパンソリ（唄（うた）い手とその唄の拍子をとる鼓手のふたりで演じられる韓国の民族音楽）の唄い手である父親、娘、息子の三人である。父親はパンソリを教えるために孤児の娘を養女にもらった。息子も亡妻の連れ子で、血の繋（つな）がりはない。三人は行く先々でパンソリを唄って僅かな収入を得、流浪しつづける。スクリーンのなかの路（みち）の風景は春から夏、夏から秋、秋から冬、そして冬から春へと巡ってゆく。

何故（なぜ）、安住の地を求めず流浪（さすら）うのか――。

朝鮮の民はいつも現在が辛（つら）かったのだ。侵略され、迫害され、言葉（魂）をとり上げられた。別離、死、分断、だから現在ではないつぎの時間、此処ではないつぎの場所に思いを馳せるのだろう。

弟は父親に反発し、姉を見棄てて逃亡する。

ともに流浪っていたときは別れの予感に震えていたのだが、別れた後の長い歳月は再会の予感の奥深くへと追い詰められてゆく。予感に堪えられず、予感から逃げられず、予感に打ちのめされ、結婚して子どももいるのだが、姉と姉の唄を捜して流浪いはじめる。

弟は、父親の死と、父親の手によって姉が盲目になったということを知る。

弟の頭のなかに杖をつきながら帆のようにチマチョゴリをはためかせて流浪う姉の姿が浮かぶ。

その映像を観て中原中也の「朝鮮女」という詩を思い出した。

　朝鮮女の服の紐
　秋の風にや縒れたらん

チマチョゴリほど、風が似合う民族衣裳があるだろうか。和服が静だとしたら、チマチョゴリは動だ。定住のイメージと流浪のイメージといってもいいだろう。

私は御七夜も七五三も成人式もチマチョゴリだった。子どものころから躰を締めつける和服よりも、風を孕(はら)むチマチョゴリが躰と心に馴染(なじ)んだ。おそらく私にも流浪の血が流れているのだろう。

どんな国にも国民的と称されるような映画がある。全国民が観るなどということはありえないが（朝鮮民主主義人民共和国の国策映画なら全国民が観るかもしれない）、その映画のあらすじ程度は全国民が知っているという空前の大ヒット作のことである。日本映画では『男はつらいよ』シリーズがそれにあたるかもしれない。古くは『君の名は』や『明治天皇と日露大戦争』、テレビでいうなら『おしん』。アメリカでは文句なく『風と共に去りぬ』だろう。

『風の丘を越えて』は、既に三百万人の韓国人が観たそうだ。まさに空前絶後という古い宣伝文句さながらに大ヒットしているのだ。

〈国民的映画〉が生まれるには、その国民（民族）が、ひとつの時代の転換期にあるということが条件になる。生活様式や時代感情が大きく変化しようとするとき、伝統的な文化を棄て去ることへの罪悪感が、一時的に伝統への回帰をもたらす。タイミング良く国民感情に合った映画が生まれれば、その映画は大ヒットを約束されるだろう。

パンソリは旧帝時代は演歌によって、戦後は西洋音楽によって片隅に追いやられたという。しかしそれは新しい文化に伝統文化が追放されたということではない。生活様式や時代感情の変化が伝統を過去へ弔(とむら)ったのだ。

この映画の「〝恨(ハン)〟を越える」というテーマは、たとえ西洋音楽に影響を受けたとしても、パンソリを越える新しい音楽を生み出さざるを得ないということをいっているのではないだろうか。

親子三人が「珍島アリラン」を唄いながら山路をゆくシーンが素晴らしい。五分四十秒という長いシーンだ。

最初は父親がふり絞るような陰鬱(いんうつ)な声で唄う。

去ってしまったか　情を交わした愛する人よ
雁の群れとともに　永遠に去ってしまったか
そこを飛びゆく雁に問わん
われらの向かう道はいずこであろうか

やがて、姉は踊りながら唄いはじめ、弟は背中に担(かつ)いだ太鼓をおろして叩(たた)きはじめる。晴れわたった三人の顔には微塵(みじん)の曇りもない。

戯れていかれよ　戯れていかれよ

月が浮かんで沈むまで　戯れていかれよ
寒いか　暑いか　私の胸にお入りなさい
枕（まくら）は高いか　低いか　私の胸を枕になさい

弟は父親に殴られた姉の姿を見て、こんな生活いつまでつづけるんだと嘆く。姉は殴られた頬（ほお）を押さえながら呟（つぶや）く、「私は唄が好き、すべてを忘れて幸せになれるもの」。そういった彼女だが弟と別れた哀（かな）しみから唄えなくなってしまう。父親は、唄わざるを得ない状況に追い詰めるために漢方薬を呑（の）ませて娘の視力を奪う。目の光を失うことで声は蘇生すると考えたのだ。

父親は死の床で娘に、お前の心に、〝恨〟を植えつけるために目を奪ったのだという。〝恨〟とは何か。この映画の原作『風の丘を越えて』（原題『南道（ナムド）の人』）にはこう書いてある。

「人の〝恨〟とは、そんなふうにだれかから与えられるものではなく、人生という長い長い年月を生き抜くあいだに、ほこりのように積もり積もってできるものなのです。ある人にとって、生きることが〝恨〟を積むことであり、〝恨〟を積むことが生きることであるように……」

林監督は憎悪や恨みはときに他人を傷つけたり、殺害したりするが、〝恨〟の向かう方向は自分の内側であって決して外側ではないと述べている。

「娘さんが父親を許すことができなければ、その思いはまさに怨念になり、唄のための〝恨〟にはなりえないではありませんか。父親を許したからこそ、娘さんの〝恨〟はいっそう深まったのでしょう……」

〝恨〟とは何か——。

弟は待ちつづけた姉と、姉は捜しつづけた弟と再会する。だがふたりは名乗り合わず、亡き父から教わった唄と太鼓で夜を明かす。〝恨〟を越えることができた瞬間、姉は唄いながら、見えない目でまっすぐに弟を捉える。原作にはこう書いてある。

それはまるで唄と拍子が、お互いの体に触れずに楽しむ妖精のようでもあり、戯れというよりは見事な手品であり、手品というよりは、体に触れ合うはずのない唄と拍子の巧みな抱擁にも似ていた。

姉は弟を乗せたバスが遠ざかると、自分の性分に合わず長く居すぎましたと世話になった男に別れを告げ、ふたたび行く先のない旅に出る。赤い服を着た少女に紐をひかれて彼女が去く雪の降りしきる路は死出の旅路のように見えた。

「〝恨〟を越える」という言葉は、在日韓国人であり物書きである私に重要な問題提起をした。私は韓国（日本）を越えなければならないのだ。たとえ流浪の民の末裔であるとしても――。

　自分の祖国を美しいと思っているひとは、なお未熟な青二才である。どのような国でも、自分の国だと感じることのできるひとは、すでに強靱な魂を持っている。だが、完璧な人間は、ただそのひとにとって、世界全体が異邦であるようなだけである。

（聖ヴィクトールのフーゴー）

生と死の和解

現在のアメリカ演劇界は、アーサー・ミラーやテネシー・ウィリアムズの黄金期に及ぶべくもないが、オフ・オフ・ブロードウェイが隆盛を極めた一九六〇年代後半から七〇年代前半に較べても活力がないように思える。

しかしエドワード・オールビーは一、二本の失敗作を出すとたちまち「過去の人」にされてしまうアメリカの演劇界にあって、六〇年代から常に最先端での活動を持続してきた。オールビーは実験的な芝居のなかにもエンターテインメント性を失わず、シリアスなドラマを書いても観客を舞台に釘づけにしてしまう高度な劇場性と劇的手法を兼ね備えている。『ベッシイ・スミスの死』『ヴァージニア・ウルフなんかこわくない』などの作品が、今なお古めかしさを感じさせないのはそのせいである。

ケネス・タイナンは「芝居とは基本的に暗闇の中で二時間を退屈せずに過ごす手段だ。暗闇の中で時を過ごすことは、劇の何たるかのみならず、人生の何たるかを現している」といったが、私はオールビーの『幸せの背くらべ』（原題『THREE TALL WOMEN』）を読んで、暗闇のなかでこの芝居を観たいという強い誘惑に駆られた。

この戯曲は繊細かつ明晰である。それはこのオールビーの最新作が、終わりのときであり、始まりの至福のときでもある死を描いているからだ。およそ死ほど繊細で明晰なものもあるまい。私はオールビーが死の「自覚」を描いた戯曲に到達したことに畏敬の念を抱かざるを得ない。

『幸せの背くらべ』は死の生に対する、老いの若さへの復讐劇ともとれるが、死が生に贈る癒しの物語という方が相応しいだろう。生と死の和解のドラマといってもいいかもしれない。生と死の和解は、驚くほど無数の対立を和解に導く。老人と若者、親と子、夫と妻――、人生を苦しめる不運さえも癒すことが可能だ。そして生と死、悲劇と喜劇が共存している。死を描いてはいても、喜劇的な生命力に満ち溢れているのだ。おそらく演出家はこの生命力を引き出すことに最大の力を注ぐに違いない。古典的ともいえる悲劇性は作者によって十分保証されているからだ。

三人の女性たちの饒舌な会話で芝居は進行していくが、決して姦しいわけではなく、むしろ荒涼とした静止状態のなかで語られるといってもいい。サミュエル・ベケットがいう「危なくて、不安定で、不思議で、肥沃な一瞬、生の倦怠感が存在の苦悩にとってかわられる」人生を登場人物に語らせながらも、オールビーはその苦悩からの解放を終幕に用意している。

私たちの過去の記憶は、経験したことのほんの僅かな断片でしかない。未来もまた想像の欠片に過ぎない。過去と未来を繋ぐものは〈今〉だが、今を生きることは難しく、ひとは過去と未来にしか生きられないのではと思えるほどだ。

老女は「自分をそんな風に眺めることが、それがどうやら生きるって事らしいの……第三者になって自分の傍らに居ることが」と語る。

この芝居には、観客が常に自分の過去と未来を意識しつつ、しかもありありと今のこの時を実感するという仕掛けが随所に施されている。自分を客観視するように舞台上の人物を見詰めることになるのだ。観客は第三者としての登場人物の傍らに身を置き、年齢、性別とは無関係に三人の女性に対して他者でありながら自己であるという奇妙な感触を抱きつづけ、幕が降りた瞬間に自分の人生を射し貫かれたという実感を持つに違いない。しかしそれは死への恐怖ではなく死からの癒しとしてである。

高橋昌也氏が主演したオールビーの『動物園物語』は、ベケットの『ゴドーを待ちながら』と共に、日本の演劇界に強い影響と衝撃を与えた伝説的かつ記念碑的な作品である。高橋昌也氏が『動物園物語』から三十四年後にオールビーの最新作を演出するという、劇的な場面に立ち合えることを、幸運といわずして何といおう。

そして臨死体験を経て、死から生還し今なお癌と闘っている氏が、およそ十年ぶりに演出家として演劇の最前線に立たれる作品としては『幸せの背くらべ』ほど相応しい芝居はないだろう。

おそらく高橋昌也氏は死との和解を済ませたのだと思う。その氏の冷徹に澄んだ眸(ひとみ)で構築するオールビーの世界は、喜劇的な生命力に溢れ、残酷で限りなく優しい、心に直に訴えてくる芝居になることだろう。

欲望のリアリズム

日本の性の解放史のなかで、ヘア・ヌードの解禁は特筆すべきものだろうか。駅の売店で手軽に買える週刊誌には夥しいヌード写真が氾濫し、レンタルビデオショップの棚にはアダルトビデオがびっしりと並べられている。しかしこの時代には、性の殉教者を生み出すエネルギーはない。青年たちの性衝動でさえ、彼らが好む居酒屋の甘い飲料で割ったアルコールほどに希薄で、ただサッカー場や球場から彼らの不毛なオルガスムスの叫喚が聞こえてくるだけだ。

否応なく目に飛び込んでくるグラビアの若い女性たちは、皆美しく見事な肢体である。だがどうしてだろう、彼女たちは健康的で愛らしいのに、その肉体にはジェーン・マンスフィールドの唇ほどの毒もない。購入する男たちの嗜好に合せているにしても、性的な活力がまるで感じられないのだ。マネキンは肉体を模倣するが、彼女たちは脆弱なこの時代の男たちの欲望にぴったりと凭れ掛かり、マネキンさながらの裸体を晒している。

性表現の自由は拡大されてはいても、性そのものの解放は後退しているのではないだろうか。テレビの猥褻表現に音声的な操作が施されることが、私たちの時代の性の状況を端的に示しているように思える。タレントはスタジオのなかでどんな言葉でも自由に喋れる。だがその言葉は、視聴者には音声（肉体）化されないのだ。グラビアのヌードは自慰行為には役立っても、男たちを性的にタフな人間に鍛え上げることはできない。

今から四十年以上も前、谷崎潤一郎はこのように危惧している。

> レヴュウが流行して女の裸體が一向珍しくも何ともない時代になつては、イットの魅力はだんだん失はれて行きはしないか。どんな美人でも素つ裸になる以上にムキ出しになることは出来ないのだから。

イットとは、性的シンボル女優であったクララ・ボウをイット女優と呼び、当時日本で流行したエロティックを意味する言葉だが、谷崎は裸体がエロティックな魅力だとすれば、ヘア・ヌードが珍しくない時代はエロティシズムを喪失するだろうといっているのだ。つまり視覚的な性表現の拡大は、性の抑圧になるというパラドックスを指摘している。問題は私たちの時代が、ビジュアルな性表現を越える、性解放の煽動者を持っていないことにあるのかもしれない。この世紀末はひとりのマルキ・ド・サド、D・H・ロレンス、カサノヴァさえ生み出していないのだから。

何年か前にプロ野球選手が少女への猥褻行為で逮捕される事件があった。私はこのプレイヤーが球界を追放され、孤独な性の狩人となって巷間に解き放たれることを夢想したものだった。何千万もの年俸を棄て、スタンドの歓声に背を向け、一介の肉体労働者となった彼がほんものの性のプレイヤーになることを――。しかしふたたびグラウンドに現れたこのプレイヤーは、時速一四五キロメートルの性的エネルギーを失い、スタンドの罵声さえ浴びることのない、まさに去勢された男、二流の中継ぎ投手でしかなかった。

この時代の観客は面妖にもスポーツ選手や芸能人に、肉体と情念の解放者であることを望まないらしい。角界のチャンピオンに健全な家庭人であることを求めるモラルこそが、倒錯しているということに気づかないのだ。相撲は、神と大地とを異界から現れた肉体で結びつけ、五穀豊穣を生み出す儀式だった。エロスとは神との交合であるにも拘らず、私たちはこの大いなる性をただのスポーツに貶めてしまったのである。芸者（既に滅んだか）とのセックスさえ認めない社会で、力士たちはどのようにして輝かんばかりの肉体を誇示できるのだろうか。思えば、若武者のような力士と眩いばかりの肢体を持った芸能人の婚約とその破局は、エロスの終焉に至る通過儀礼だったのかもしれない。それにしてもあのふたりが駈け落ちしなかったのは残念なことだった。彼らはエロスの饗宴に捧げられねばならなかったのに、ただ市民社会の犠牲者になっただけである。一方は家庭のひととなり、一方は拒食症的に痩せ細ってしまった。

欲望をトレンチコートに隠し、強姦の衝動に必死に堪えながら夜の街を徘徊する予備校生、夜毎ベッドで豪奢な性愛の輪舞を繰り広げる恋人たち、快楽殺人の悪夢に魘される配管工の青年、果たしてこの時代の夜の闇に、性的人間は存在するのだろうか？

私はエロティシズムとは何かを考えるにあたって、私の身のまわりの友人たちの告白に耳を澄ましてみた。

ある中年サラリーマンの妄想——蝶と死

わたしは少年のころ、昆虫採集に熱中した。山のなかの櫟や皁莢の幹に、酒で練った砂糖を塗っておくと、翌朝には鍬形虫や兜虫が蝟集している。甲虫類はそうやって簡単に捕まえることができるので、次第に蝶の標本作りに興味が移っていった。夏休みは毎日のように捕虫網と採集箱を持ってひとりで山のなかに入ったが、小学生のわたしにとって山は昼間でも足が竦むほど怖かった。珍しい蝶をひとり占めするために友だちを誘うわけにはいかない。岩から清水が湧き出ているような場所で、じっと待つ。黒鶫や小綬鶏の鳴き声、風がさわさわと葉を揺する音、何の音なのか聞き分けることはできない、おそらく地面を這う虫の音か何か——。恐怖が咽喉のあたりまでせり上がってくるころ、クロアゲハ、アオスジアゲハ、ナガサキアゲハなどの揚羽蝶、蜆蝶、立羽蝶などが数匹、木々の間から放射される光を縫って現れる。すべての音は消え、蝶と、網を構えたわたしは向き合った。そして蝶の舞踏に合せてゆっくりと近づいて行く。
それから何年か経って興味を失い、蝶の標本は本棚の隅で埃をかぶってしまった。中学校からの帰り、路を歩いていると、目の前を紋白蝶が横切り、その瞬間奇妙な妄想に取り憑かれた。ナカジマフミユキ、と名前が浮かび、わたしはナカジマクンを殺して、あの山のなかに埋めたのではないかという疑念に襲われたのだ。ナカジマクンの顔を思い出そうにも、小学校にそんな名前の友だちがいた記憶はない。しかしわたしは秘密の採集場所にやってきたナカジマクンと一匹の蝶を争って——。

山のなかでゆらゆらと現れる蝶をじっと待つ少年は性的人間の原型に思える。エロティシズムは、少年のなかに芽生え、男の領域で育つものなのかもしれない。それは女がもっぱら性の対象でしかなく、男が性を占有していた歴史的背景があるからだという説明では済まされないだろう。女の性が男と同じレベルにまで解放されたとして、血の味を含んだ女の性の殉教者が現れるだろうか？　私には夏山のなかで蝶を追う少女を思い描くことは難しい。私の知る限り、蝶のコレクターは料理人と同様、男ばかりであり、猟奇的な連続殺人犯に女性が極端に少ないのも事実だ。女には現れるかどうかわからない、たとえ現れたとしても捕獲できるかどうかわからない蝶を待ちつづけることはできない。女は幻想の快楽を構築するというような快楽原則を持つのは苦手なのだ。受胎と引き換えにエロティシズムを喪失したと考えられなくもない。そして男は出産を待つ間禁じられた性の行方を夢想した、と。

エロティシズムは、欲望の発露とは何の関係もない、欲望の幻想化、あるいは欲望そのもののリアリズムなのだ。日常的な性行為に還元できない欲望を観念のエクスタシーに転化しようとする、想像力による冒険といってもいい。

この中年サラリーマンの妄想は、エロティシズムがエロスとタナトスに引き裂かれたものだということを示している。死を内包しないエロティシズムなど存在しないことは既に多くのひとによって語り尽くされている。死は衰弱ではなく、むしろ昂揚（こうよう）なのだ。しかし今日ほど死が隠蔽（いんぺい）されている時代はない。女子高校生の着古した下着を買う中年男の行為は衰弱した性でしかない。フェティシズムともいえない。アパートの軒下の下着を盗む泥棒以下である。

コピーライターの興奮――図書館と少女

何といったって女子高校生が図書館の哲学の書棚で本を捜している姿ほどエロティックな光景はない。つい先日も図書館の机で調べものをしていて、ふと顔をあげると、目の前に何冊かの本を置いて、どの本を借りようか思案している少女がいたんだ。ぼくは本の文字が読めなくなって、ちらちら少女の顔を盗み見た。もし彼女が貸出カウンターに行くなら、素早く本を書棚に戻して跡をつけようと思ったよ。跡をつけてどうするって？　そんなこと知るもんか、跡をつけるのさ。ところが彼女が机に置いた本の背文字が目に入った途端、いっぺんに気分が醒(さ)めてしまった。四、五冊あった本は全部赤川次郎のミステリーだったんだ。わかる？　せめて太宰治、それが無理でも、レイモンド・チャンドラーかダシール・ハメットぐらいにはしてもらいたかった。そうすりゃあ、跡をつけたのになぁ。

　少女と哲学書の結びつきにエロティックな幻想を抱くこの男は、赤川次郎のミステリーに俗性を、哲学者に聖性を感じたということであり、聖なる少女、すなわち処女性に性的興奮をおぼえたのだろうか。だとすれば、それは「聖なる淫婦(いんぷ)」「淫(みだ)らな貞女」といった古典的なエロティックな関係性に違反する。D・H・ロレンスもエロティシズムは「穢(けが)らわしい秘密」のなかに存在するものだといっている。私は哲学書を読む少女にはエロティシズムを感じないが、何人かの男性に訊(き)いてみると口々に「わかる」という。図書館という舞台装置のなかで、女子高校生と哲学書という禁欲的なイメージが、男たちの性を煽(あお)るのだろう。ストイシズムが荒(あら)ぶる欲望と相関しているのは自明だからだ。

　しかしそれにしても図書館と美少女に性的な興奮を感じるのは高校生程度の男であって欲しい。「ブルセラ」男と「図書館」のコピーライターの間にそれほどの差はない。どちらも貧血的な性衝動である。

演劇青年の告白——果たされなかった暴力

何年も前のことで、これから話すことが現実に起きたのかどうかさえ判然としない。もしかしたら空想でしかなく、実際にぼくが犯ったと思い込んでいるだけかもしれないし、そうだったらどんなにいいかと思っている。

そのころぼくの劇団は劇団員のひとりが在学している早稲田大学の教室で稽古していた。ぼくは舞台監督をしてたんだけど、ある日、もうそろそろ稽古が終わりそうな夜十時ごろ、演出家との打ち合せのため大学に向かった。中央線の車内、ぼくの前に童顔に疲労の色を濃く漂わせた、明らかに水商売だとわかる女が座ったんだ。ぼくにはつき合っていた女の子もいたし、変ないい方だけど、性欲が強い方じゃない。でもそのとき、くたびれた女に痛ましさと同時に性的な興奮を感じたんだ。勃起していた。新宿を過ぎたところで、どうしてそんなことができたのか信じられないけど、ぼくはその女の隣に移動して、「どこ行くの？」と話しかけてたんだ。「芝居の稽古してるんだけど観に行かない？」と到底自分とは思えないほど快活で屈託のない青年を演じていた。その女は最初は眉を顰めていたが、高田馬場で降りることに同意して、ぼくは駅前でタクシーをつかまえて、女を乗せることに成功したんだ。

夜の大学の構内は暗く、ぼくは酔ったように芝居のことを喋りつづけながら彼女の腕をつかんで歩いた。どうしていいかわからない、まるでキャンパスのなかに迷い込んだヘンゼルとグレーテルみたいだったよ。「どこへ行くの」女は少し怯（おび）えた声を出した。「そこを曲がってすぐ」とぼくは明るくいい、いきなり女を商学部の校舎の壁に押しつけ、キスした。悲鳴をあげられないよう右手で口を覆い、左手をスカートの奥に入れた。そしてそのまま芝生の上に押し倒した。女は意外と強い力で抵抗し、叫び声をあげた。思わず頸（くび）を絞めた。射精した。

死んだのかどうか、わからない。四、五日は新聞を隅（くま）なく読んだけど、載ってなかったからきっと死ななかったんだと思う。今でもときどきセックスの最中に女の頸を絞めてみる。あのときほど興奮しないし、力も入らない。死ななかったのかなぁ、あの女。

この告白は平均的な日本男性の性暴力のイメージといってもいいだろう。それに較べてコリン・ウィルソンが書いた猟奇的殺人事件の記録は凄（すさ）まじいものがある。例えば、「デュッセルドルフの吸血鬼」と呼ばれたペーター・キュルテン、彼は一九一三年ライン川沿いの小さな街で十歳の少女を惨殺し、それからつぎつぎと五歳から成人までの女性を殺害するというドイツ国内だけではなく世界を震撼（しんかん）させる連続殺人を開始するのだ。キュルテンの父親は酒乱で、子どもたちの目の前で平然と妻とセックスしてみせるばかりか、キュルテンの妹まで犯し刑務所に入れられる。キュルテンは八歳で野犬捕獲人から教えてもらった、犬をマスターベーションさせては興奮し、妹とのセックスまで試み、九歳のときふたりの子どもを溺死させる、という過去を持っている。デュッセルドルフに向かうのは十六歳のときだ。

そのときのキュルテンの姿を三島由紀夫はこう想像している。

都会の赤い落日へ向って帰るサディストの、長く長く路上に尾を引いた孤独な影、彼が明日からの人生に夢みる陰惨な希望、その胸のときめき、……

西洋の快楽殺人者は、まさに肉を喰わんばかりの連続殺人を行う。血と暴力と無縁な快楽など在り得ないのだ。三島がいう「陰惨な希望、その胸のときめき」こそ性的人間の情念の核となるものだ。

エロティシズムにとって暴力は不可欠だが、セクシャルハラスメントへの攻撃が猛威を振るっている状況では性暴力の衝動は萎縮し、男たちはインポテンツの時代を生きるしかない。私は現代におけるエロティシズムは、フェティシズムとしてしか現れないのではないかと考えている。フェティシズムは平和な性の狩猟だからである。

しかしもう一度性的人間とは何かに戻ってみたい。

雑誌編集者のマニアックな写真帖——裸体と戦争

　ぼくの家はカメラ屋だった。だから家にはカメラ雑誌が山積みされてたんだ。ぼくが中学一年のときだったと思うけど、カメラ雑誌のヌード写真に、どういうのかなぁ、胸が詰まるほど興奮したんだ。恐ろしく魅きつけられる写真とどうやったらうまくつき合えるか考えた末に、美しいと感じるヌード写真を切り取ってスクラップするようになった。深夜、ぼくは自分の部屋でその作業に熱中した。そして写真帖はベッドの下に隠した。夜眠ると、ぼくの下で美しい裸の女たちが、ぼくの鼓動に合せて息づいているような気がしたなぁ。三冊ぐらいになったとき、ある夜、ベッドの下を覗(のぞ)くと、ない、写真帖がなくなっていたんだ。ぼくは舌をくり貫(ぬ)かれたような気分になり、鼠(ねずみ)みたいにベッドの下にもぐって捜したけど、写真帖は消えて失くなっていた。

　ぼくの母は五歳のときに死んで、それから二十歳を過ぎたばかりの「女中」が世話をしてくれるようになった。その「女中」が棄てたんだと思う。きっと、そうだ。二年後に「女中」はぼくの父と再婚した。

　今では中学生が自分の部屋にヌード写真集を置いていることなど珍しくない。しかし自分の写真帖を若い「女中」によって棄て去られた少年は深い疵(きず)を負ったに違いない。少年にとって女中は、母親でも姉でも妹でもない、はじめての異性であり、性の対象だったのだから。だが性を解放するはずの女中は、実は抑圧者だったのである。

ここで話は脇道に逸れる。「女中」という言葉は差別語とされている。「お手伝いさん」とい換えた言葉そのものが死語となりつつあるのは皮肉だが、現代の性の衰弱はフェミニストをはじめとする人権派によってもたらされた一面がある。

三島由紀夫はこういっている。

> エロティシズムは本来、上はもっとも神聖なもの、下はもっとも卑賤なものにまで、自由につながる生命の本質である。

神聖なものと卑賤なものの境界に入り込み、それを限りなく薄めて人間の平等を主張する人権主義者たちによってエロティシズムは排斥されてゆく。人権派は生命の本質に逆らいエロスを否定することによって平等という砂上の楼閣を築こうとしているのだ。エロティシズムは、聖なるもののなかに卑賤を見出し、卑賤なもののなかに聖を見るということによってしか生まれない。だから最も激しい差別を受けつづけた性こそが人権派から自由を守る最後の砦となる。これからの時代は人権主義者と性的人間が、エロスを巡って死闘をつづけることになるだろう。平等主義は畢竟、神の否定に向かう精神的な共産主義者であり、性的人間は神を守護するアナーキストだからである。

さて、この手作りの写真帖を棄てられた少年は、一九六五年に大学生になって、今度はベトナム戦争の報道写真のスクラップをはじめる。週刊誌に毎週のように掲載されるベトナム戦争の写真のなかから、彼が美しいと感じたものを切りとっては蒐集したのである。

あれは何だったんだろうって今でも思うよ。大学では反戦集会が開かれているのに、ぼくは横目で通り過ぎ、本屋に行って週刊誌やグラフ雑誌を買い、下宿でスクラップしたんだ。一年くらい経って、写真帖が五冊になったときのことだ。今でもはっきり憶えてるけど、公開銃殺されたベトコンの少年の写真に、ぼくは興奮した。雑誌を買い漁り、憑かれたようにスクラップして、写真を眺めてはうっとりした。一番美しかったのは、まるで映画の一シーンみたいに、夜、広場の中央に両手を杭に縛りつけられ、目隠しをされたベトコンの少年兵が、銃で撃たれてがっくりと頭を垂れている写真だった。だけどじっと見ているうちに、何か脳の奥で苦いものが泡立ってくるのを感じた。躰中から汗が噴き出て、Tシャツが背中に貼りついてゆくのがわかったけど、それでもぼくは写真から目を逸らせなかった。そして遂に我慢できなくなって洗面所に駆け込んで、胃のなかのものを全部吐いたんだ。意識してなかったんだけど、ヌード写真と同じ感覚で戦争写真を蒐集してたんだ。そのことに気づいて、ぼくは下宿の裏庭で写真帖を焼き棄てた。

つい最近あるカメラマンが、戦禍のなか飢えて力尽きて倒れている子どもの傍らで、禿鷹がその死を待っている写真を発表した。その一葉の写真は戦争の悲惨さを鮮烈に写しとっている点で、紛れもなく報道写真の傑作だといえるが、シャッターを押す前にカメラマンが子どもを救命したかどうかというひとりの人間としてのモラルが厳しく問われてしまった。しかしこの一葉の写真を単に戦争の残酷さからだけではなく、禿鷹の視点でとらえれば、死なんとしている子どもはまさにエロティックな存在だともいえよう。アフリカのサバンナで繰り広げられる、禽獣たちが仕留めた獲物を喰らう様が性的興奮を呼び起こすといえばわかり易いだろう。

雑誌編集者は手作りのヌード写真集を棄てられ、自らベトナム戦争の写真帖を焼き棄てたことで、性的人間であることを辞め、安穏な市民を選択した。彼は戦争写真を美しいと思う感覚を守りつづけることの孤独に堪えられなかったのだ。

ジョルジュ・バタイユのエロティシズム論は、「エロティシズムの領域は本質的に暴力の領域であり、侵犯の領域なのである。肉体のエロティシズムとは相手の存在への侵犯でなくて何であろうか。死にも等しい侵犯でなくて何であろうか」と要約できるだろう。何故侵犯の欲望が生まれるかは、「人間の欲望が禁止によって制限されている」からに他ならない。

私たちはジョルジュ・バタイユのいう、禁止を違反する時間である「聖の時間、祭の時間」を持っていない。青年たちでさえ性的放縦を自ら禁じて、性のダイエットに勤しんでいるようにさえ思える。禁止と侵犯の共犯関係からすれば、為政者は侵犯を恐れ、侵犯されても体制にとって何ら害にならないものを巧妙に解禁してゆくだろう。そして私たちはそれを性の解放と錯覚してしまう。ジョルジュ・バタイユは「不倫な愛のみが、掟よりもっと強いものがあることを、愛に教える力を持っているのではないか」と擁護しているが、この社会で決して少ないとはいえない不倫にさえも、市民社会、家族制度を覆すほどの力はない。

かつて禁止をもたらしたのは俗世界の為政者を越えた神であったに違いない。だから侵犯者は神の領域に踏み入ることになり、侵犯は必然的に聖性を獲得していたのである。エロティシズムは地上へ降り、法への違反か否かを問われることになってしまった。

私の友人の男性たちは余りにもスタティックだとしても、エロティシズムの萌芽は持っていた。しかし外的な禁止の力ではなく、自らの意志で、その芽を摘み取ったように思えてならない。

私たちは欲望を点検し、再組織しなければならない。

性の表現者と性のアナーキストが交信しなければならない。

性の大地を豊饒なものにしなければならない。
そして何よりも性能力を回復することが必要であろう。
性は未だ、荒野に在る。

古都鎌倉、あるいは生と死の交錯する場所

走りはじめて五年半になる。

どうして走るんですか？　健康を維持するためですか？　ストレス解消法ですか？　とよく質問されるが、うまく答えられたためしがない。

書くことによって大きなダメージを受ける精神と肉体を、走ることによって支えなければならない、ということなのだが——。

はじめてのフルマラソン（二〇〇二年三月十七日の東亜ソウル国際マラソン）は痛みとの戦いだった。『8月の果て』という作品で、マラソンランナーだった祖父と祖父の弟の人生を辿(たど)ることになり、ランナーの内面を取材するというよりは、死者であるふたりのランナーとともに走りたい一心で、四二・一九五キロメートルに身を投じてみた。

こんなに痛いのだから、金輪際(こんりんざい)走らないだろうと思いながら足を前に進めていたのだが、ゴールした瞬間、また走りたい、という気持ちが押し寄せてきて、さすがに翌日は休んだものの、翌々日の朝には、祖父が弟と肩を並べて走っていた川べりの道を、痛む足を引き

摺って走っていた。

以来、わたしは走りつづけている。

ランニングコースはいくつもあるのだが、よく走るのは、化粧坂から源氏山にのぼり、裏大仏ハイキングコースを長谷に抜けて、国道一三四号線沿いを走って稲村ヶ崎の頂上で折り返し、復路では、稲瀬川のあたりで由比ヶ浜に降り、シューズを濡らしながら波打ち際を走り、滑川の手前で一三四号線に戻って、鎌倉海浜公園、和田塚、六地蔵を通って今小路を北上する——飛ばし気味に走れば一時間強で家に帰り着けるコースだ。

五日前、家を出たのは午後五時過ぎで、ちょうど日没時だった。

山にはいったら真っ暗になってしまうのではないかと思ったが、それよりもなによりも、風邪が治らず咳が抜けないことと、原稿が思うように書けないことによる苛立ちを、走って吹っ切ってしまいたかった。

わたしは咳き込みながら玄関の鍵を掛け、咳き込みながらシューズの紐を結び、咳き込みながら化粧坂に向かって走り出した。

化粧坂は、平家の首に化粧を施して首実検をしたといういい伝えがある鎌倉の防御拠点だった切通しで、『太平記』によると、鎌倉を陥落した新田義貞は、総勢六十万七千余騎のうち、五十万七千余騎をここに差し向けたという。

源氏山にはいると、山の左右にひろがる住宅街は木々に遮られたが、木々の隙間から真っ赤な落日が覗いているのが見えた。火の手があがった、自分は戦の只中にいるのだ、と思った瞬間、咳がおさまり、足の動きに弾みがついた。

いまから六百七十四年前の戦の様子を想像するのは難しいが、夕暮れ時の源氏山を走っていると、馬のいななき、蹄の轟き、馬を操る武将の甲冑の音、木々の影からヒュン、ヒュンと絶え間なく放たれる矢、矢叫び、射貫かれて馬から落ちる武将の断末魔の呻き声が聴こえるような気がするのだ。

落日と競り合うように大仏トンネルの前の長い階段を駈け降りると、太陽はわたしより先に落ちていた。

高徳院の前の大仏通りは緩やかな下り坂になっていて、自然とピッチがあがる。樹（喫茶店）の手前を左折して直進し、宮代商店（コロッケ屋）の前で由比ヶ浜大通りを横断して、Bergfeld（パン・洋菓子・喫茶店）の前の小道をはいる。長谷駅の踏切を渡って、くねくねと狭い路地を走ると、海に出ることができる。

真夏の由比ヶ浜は、ＴＨＥ湘南という感じで、『太陽の季節』やサザンオールスターズを持ち出すまでもなく、海水浴客やサーファーたちでひしめき合う。

海の家も、むかしながらの店は僅かで、タイ料理、沖縄料理、中華、イタメシ、お好み焼き、牛角やam/pmなどのチェーン店、まつげカール、シール・タトゥー、マッサージなどが楽しめる店、インターネットカフェなどが軒を連ね、コラボレーションと称して海の家の経営に参入しているエイベックスによるライブやイベント、FMヨコハマによる公開録音まで行われているようだ。「海から街へ　街から海へ」というのが新しく掲げられた由比ヶ浜のテーマだそうだが、夏休みのあいだに限っていえば、神奈川県でもっとも若者が集まる歓楽街といっても過言ではないだろう。

わたしは、秋の由比ヶ浜を走るのが好きだ。真夏の行楽や享楽の残骸が散らばっている浜辺を、一年でいちばん汚い、と思うひとも多いだろうが、ブルドーザーやトラックの脇に残された骨組みだけの海の家や、砂まじりの海風に曝されている黄色いロッカー（ひとつだけ扉が開いていた）を眺めていると——やはり、この地で繰り広げられた合戦を思わずにはいられないのだ。兄頼朝によって、謀反人として奥州で討たれた義経の子を身ごもっていた静御前は、囚われていた鎌倉で男児を出産する。女の子なら助けるが、男の子なら殺す、という頼朝の命に従った家臣の手で、赤ん坊は生きたまま由比ヶ浜に沈められる。

由比ヶ浜は、鎌倉時代には合戦や処刑や首実検の場だった。そして、鎌倉滅亡の際には、討死した武士の亡骸が馬の死体とともに浜辺に打ち棄てられたらしく、野犬に食い荒らされた跡のあるおびただしい遺骨が後の発掘調査で発見されている。

その後も墓地として利用され、明治初期には火葬場となっていたらしい。

わたしがランニングの折り返し地点にしている稲村ヶ崎は、新田義貞が黄金の太刀を海に投げ入れて龍神に祈念したところ、その夜の月の入り方に潮が引いて波打ち際から鎌倉に攻め入ることができたという伝説で有名だ。

太平洋戦争末期には人間機雷〈伏龍（ふくりゅう）〉の特攻基地として地下に横穴や銃眼が掘られ、危険でズサンな潜水服だったために訓練中に死者が続出したらしいが、そんなエピソードは観光客の耳にははいらない。

十二月上旬から二月下旬の風の強い晴れた日には、富士山、江ノ島、七里ヶ浜が望める稲村ヶ崎は、〈関東の富士見百景〉にも選出され、いまやデートのメッカとなっている。

恋するふたりの耳には、きっと、サザンオールスターズの桑田佳祐が自らメガホンをとった映画『稲村ジェーン』の主題歌「真夏の果実」が流れていることだろう。

四六時中も好きと言って
夢の中へ連れて行って
忘れられない Heart & Soul
夜が待てない

——江ノ電和田塚駅の踏切を渡って由比ヶ浜大通りに向かって走ると、六地蔵の前の横断歩道で信号が赤になってしまった。

この一帯は刑場跡で、処刑された罪人の供養のために石造の六体の地蔵が祀られている。

鎌倉時代の処刑方法は、斬首——。

いったい何人の首がこの地で刎ねられたのだろうか？

わたしは首に巻いていたタオルで顔の汗を拭いて、すっかり暗くなった空を見あげた。

刑場に引き立てられた罪人も、夜空を見上げたのではないだろうか。

夜空には白く細い爪痕のような三日月がかかっていた。

鎌倉はどこを走っても、死者の気配が足もとから湧きあがってくる。しかし、考えてみれば、鎌倉に限らず、人間は太古から生きて死んできたわけで、いま生きている者よりも、かつて生きていた者のほうが圧倒的に多いのだ。

では、何故、鎌倉の地における死者の存在感が強いのだろうか？

鎌倉に集結した関東武士は、命より重いものは名前だとして、命を惜しんで名が廃ることを嫌い、名を上げるために命を棄てることを潔しとした。

敵と遭遇すると、まず名乗りを上げて名乗りを求め、「よい敵」とみれば首を狙い、「あはぬ敵」とみれば決して組もうとはしなかったそうだ。矢の一本一本にまで自分の名を記したり彫り込んでいたりしたそうだから、彼らの名前に対する拘りには尋常ならざるものがある。

殺す理由も、殺される理由も、名前に在った。

名と名による一騎打ちだったという意味で、彼らの死には誇りがある。

彼らの死は、現代人の死にはあり得ないような鮮やかな生気をいまでも放ちつづけている。

わたしは、七年前に伴侶である東由多加（劇作家・演出家）を癌で亡くし、一歳になったばかりの息子を連れて鎌倉に越してきた。

鎌倉に居を定めたのは、関東武士に魅かれたからではない。

博打狂いの父を見限って母が家を飛び出したとき、わたしは十二歳だった。

わたしたち子どもは（わたしの下に、弟ふたりと妹ひとりがいる）窓から母の愛人の本宅が見える町屋橋（鎌倉駅から常盤の方にまっすぐ行って、手広を右折したところにある柏尾川にかかっている橋）の袂のマンションで暮らさなければならなかった。

わたしは高校を一年で退学処分になるまで、そのマンションで寝起きしていた。

自殺を恐れた母と叔母に交代で見張られ軟禁されたのも、そのマンションだ。

十六歳のときに家出し、東由多加が主宰する劇団〈東京キッドブラザース〉に入団した。

母は大船で焼き鳥屋をはじめ、その店が繁盛して、北鎌倉に念願のマイホームを建てることができたのだが、その家に腰を落ち着けることはなかった。

世はバブルの終わりかけだった。母は居住用財産の買い換え特例（＝売却所得のうち買い換えに充てた金額分は次の課税まで繰延できる時限的な制度）を利用して、数年しか棲んでいない新築同然の家を売り払っては新しい家に移り棲み、すぐにつぎの土地を物色してはまた新しい家を建てた。

その利鞘を元手にして大船にビルを建て、愛人と弟に免許を取得させて〈ＨＥＩＳＥＩ〉という不動産屋をオープンして、現在に至る。

わたしが鎌倉に居を定めようと思ったのは、思春期の四年間を過ごして土地勘があったのと、いざとなったら大船の母に息子を預けられる、という極めて現実的な判断からだったのだが、それは外的要因に過ぎず、もしかしたら、この地に呼ばれたのかもしれない、と考えるようになった。

母の案内で、十以上の物件を見てまわったのだが、実はすべての地積測量図を、ある霊能者にみてもらっていた。

その霊能者には（当時、情報誌『ダ・ヴィンチ』の副編集長だった細井ミエさんの勧めで）

二度ばかり逢って話をしていた。当たっているという確信を持つまでには至らなかったが、これはわたししか知り得ない事実で、エッセイや小説でも書いたことがないし、インタヴューや対談でも話したことがない、という二、三のことを、その霊能者は口にした。

それで、相談した。

霊能者は、ほとんどすべての土地の購入に反対し、そもそも鎌倉は古戦場だからやめたほうがいいし、鎌倉に引っ越したら、あなたの収入は半分以下になりますよ、と予言した。

それで、相談するのをやめた。

というか、現在棲んでいる土地（駐車場だった）にひと目惚れして、その場で購入を決めたので、地積測量図を送って、あぁだのこぉだの難癖をつけられたくなかったのだ。

駐車場の奥の小さな山には三つの洞穴があった。残念ながら、山の所有権は隣家にあるので洞穴に立ち入ることはできなかったが、後に隣家の主人と立ち話をしたところ、防空壕ではなく、鎌倉時代の厩で、馬繋ぎと水飲み場の跡がある、ということだった。

これだけ大きな厩があるってことは、きっと名立たる武将のお屋敷だったのよ、と母が興奮気味に語っていたが、そのときは、ふぅん、鎌倉だもんねぇ、という程度にしか気に留めなかった。

息子が五歳のときだった。

深夜、仕事をしていると、二階でなにかが動く気配がした。

そうっと階段をあがると、熟睡していたはずの息子が、ソファーに座っている。

「トイレ？」

返事をしない。

「どうした？」

息子は両手を膝(ひざ)の上に揃(そろ)えて白い壁を見あげていた。

「なに？　どうした？」

息子は右手をすっとあげて、壁を指差した。

「なんか見えるの？　ママに教えてくれる？」

息子の顔が青褪(あおざ)め、肩のあたりが小刻みにふるえ出した。

「……ひと……」

わたしは全身に鳥膚(とりはだ)を立てながら両膝をついて、息子と顔を同じ高さにした。

「男のひと？」

ふるえが激しくなった。

「ひとり？」

「……いっぱい……」

「どんなひと？」

と訊ねた瞬間、息子は両手で自分の口を覆った。

だれかに口を塞がれてでもいるかのように、頬に指を食い込ませて――。

「たけッ！　たけッ！　こっち見てッ！」

わたしは息子の両手をつかんで顔を近づけ、正気に戻すために、頬を軽くはたいたり、氷水で絞ったタオルを顔に押し当てたり、水を飲ませたり、大きな声で絵本を読んでやったりしたが、息子のからだは硬直したままで、いくら瞼を閉じてやっても目を閉じることはしなかった。

ようやく眠ってくれた、と思って時計を見ると、四十分が経っていた。

五月二十二日――、わたしは仕事机に戻って、父方や母方の祖母や祖父の命日を調べていったが、どの日にも当たらなかった。

じゃあ、いったい、だれなんだろう？

この土地に関わる死者なのかもしれない。

正式契約に踏み切る前に、母に頼んで聞き込みをしてもらったところ、かなり古い住民に訊いても、「ずっと駐車場だった」ということだった。

でも、考えてみれば、いわくがある土地は、駐車場や公園や学校にするというし――。

わたしは読もうと思って読まずにいた『鎌倉の史跡』（三浦勝男著、かまくら春秋社）という本をひらいてみた。

元弘(げんこう)三年（一三三三）五月二十二日、北条高時(ほうじょうたかとき)以下、北条氏の門葉などすべて八七〇余人が東勝寺で自刃し、ここに鎌倉幕府は滅亡した。

鎌倉幕府滅亡の日だったのだ――。

翌日、わたしは鎌倉駅東口の島森書店で『鎌倉の地名由来辞典』（三浦勝男編、東京堂出版）を購入して、ドキドキしながら〈扇ガ谷(おうぎやつ)〉のページをめくってみた。

新田義貞の鎌倉攻めのおり、「天狗堂(てんぐどう)ト扇ヶ谷」で合戦があり、馬煙おびただしく見えたという。（中略）応永(おうえい)二十三年（一四一六）上杉禅秀(うえすぎぜんしゅう)の乱の緒戦では三浦一族が〝気生坂(けわいざか)〟に、上杉氏定父子は扇ヶ谷に対陣したと伝える。文明(ぶんめい)十八年（一四八六）鎌倉を訪れた道興准后(どうこうじゅごう)は「扇ヶ谷にて　秋たにもいとひし風を折しもあれ、扇ヶ谷は名さへすさまし」と詠んだ。

名さへすさまし――、なんという土地を選んでしまったんだろう、と思ったが、あのとき――、東由多加を喪(うしな)った悲しみに慣れることができず、目の前に押し迫ってくる壁のような危機が生なのか死なのか見極めることさえできなかったわたしは、洞穴のなかの暗闇(くらやみ)を覗き込み、なにものかに見詰め返されたに違いない。

そして、東の死とともに生きていくしかないし、生きていくからには書くことをつづけるしかない、とまだ赤ちゃんだった息子を抱きしめ、この地に囚われることを決意したのだ。

鎌倉に居を定めてから、六冊の本を刊行した。

『8月の果て』（新潮社）
『雨と夢のあとに』（角川書店）
『月へのぼったケンタロウくん』（ポプラ社）
『名づけえぬものに触れて』（日経BP）
『黒』（扶桑社）
『山手線内回り』（河出書房新社）

十一月に刊行される、鎌倉での五年半の日々を綴（つづ）った『柳美里不幸全記録』が七冊目ということになる。

いずれも、死者に伝えたい、という思いを拠（よ）り所（どころ）にして、自分に訊ね訊ね書いた作品だ。

いくら訊ねても言葉が出てこないときは、走る。

走っても駄目なときは、いったん言葉から離れて、鶴岡八幡宮の鳥居をくぐる。

玉砂利を踏んで参道を歩く。

祈る言葉を携えていなくても、手水鉢の水を汲み、手を洗い、口を漱ぐ。

息子が通っていた鶴岡幼稚園の前にある源氏池のまわりをなにも考えずに歩きまわる。

参道に戻って、また玉砂利を踏む。

流鏑馬の馬場を歩いて、卒園の儀式として息子がホタルの幼虫とカワニナを放流した柳原神池の橋を渡る。

海からの風が吹き抜ける舞殿を見あげる。ここで義経を慕う舞を納めたといわれている静御前は十九歳だった。

静や静
　しずのおだ巻きくり返し
　　昔を今になすよしもがな

大石段をのぼる。

のぼり切ったところで、見おろす。

叔父である源実朝を暗殺するために公暁が隠れていたとされる樹齢八百年の大銀杏を——。

一二一九年の一月二十七日。

降りしきる雪は、六十センチも積もっていたそうだ。

親の敵はかく討つ！

実朝は二十八歳。
公暁は二十歳。
一段一段降りていく。
銀杏の前で足を止める。
真っ白な大石段が血で染まったという。

出でていなば
　主なき宿となりぬとも
　　軒端の梅よ春を忘るな

生と死が交錯する場所に立って、
生きるに値することと、
死するに値することを思う。

死に取り囲まれて、一瞬の生を生きていることを実感する。
鎌倉の死者は、わたしに、生きることと死ぬことに差し向かう勇気を与えてくれる。

カトリックの洗礼式

二〇一九年六月十八日に、幸田和生司教に洗礼を受けたいという意志を伝えてから十カ月の準備期間を経て、洗礼式の日を迎えることになった。

わたしは、十三歳の時にミッションスクールに入学した。毎朝礼拝があり、日曜日には教会に通うという生活がはじまると同時に、わたしは聖書にのめり込んだ。心に溜まる言葉に出遭うと、蛍光マーカーを引いてはノートに書き写した。『新約聖書』コリント人への第一の手紙第十三章を油性マジックで腕に書いたこともある。「愛は寛容であり、愛は情け深い。また、ねたむことをしない。愛は高ぶらない、誇らない、不作法をしない、自分の利益を求めない、いらだたない、恨みをいだかない。不義を喜ばないで真理を喜ぶ。そして、すべてを忍び、すべてを信じ、すべてを望み、すべてを耐える」という有名な聖句である。

小学五年の時に、わたしの母は家族六人で暮らしていた横浜の家から夜逃げして、妻子ある愛人と密会するために大船のマンションに転居した。わたしはその密会部屋で暮らすことになった。密会部屋は、窓から愛人の本宅が見える距離にあった。密会部屋を舞台にして、連日連夜、母と愛人、愛人の妻と母、愛人と妻、父と母、父と愛人の修羅場が繰り広げられた。

わたしは夏休み前の放課後、宗教委員会顧問の荒井多賀子先生のところに相談に行った。

「インドのカルカッタに行き、マザー・テレサのもと、『死を待つ人々の家』で働きたいんです。洗礼を受けて、『神の愛の宣教者会』に入ります。修道女になるための道筋を教えてください」

「その決断をするには、あなたは若過ぎる。高校を卒業して、大学に進学してから改めて考えても遅くないですよ」と、荒井先生は、わたしを止めた。その諫めるようでもあり、哀れむようでもあった口調を今でもはっきり憶えている。

カルカッタへの道を断念したわたしは、いっきに転落した。通学中の電車や教室や礼拝堂での度重なるパニック障害の発作、不登校、精神科への通院、飲酒、喫煙、家出、自殺未遂、そして、何度目かの無期停学の後に、十五歳の時に退学処分になった。「神奈川の女子御三家」の一校のいわゆるお嬢様学校だったので、学校側としては当然の処分だったと思う。

それから何年間か教会からは遠ざかっていたが、精神や命の危機に瀕した時には我知らず主の祈りを唱えていたし、聖書は折に触れて開いていた。

二〇〇〇年に伴侶だった東由多加を癌で亡くし、息子を出産し、翌年に鎌倉に居を構えてから、カトリック雪ノ下教会に通うようになった。

だが、どうしても、洗礼には踏み切ることができなかった。洗礼を受けたら、常に爪先立って両手を天に差し伸ばしているような自分の踵が地についてしまう――、信じるという現在形ではなく、信じたという完了形になり、十三歳の時から抱いている神を希求する気持ちが安定し弱まることを恐れていたからだ。

二〇一七年一月十八日に下北沢の本屋B&Bで、「作家生活三十周年、柳美里が語る文学と人生」というタイトルで、文芸評論家の榎本正樹さんとトークイベントを開いた。サイン会に並んだ一人の男性に、「南相馬の原町教会に、幸田和生補佐司教が、東日本大震災の復興支援のために志願して赴任されています。一度、行かれてみたらどうでしょうか」と勧められた。

これは、何かの縁だと思った。

東日本大震災以降、わたしは自分の意志や欲望に従って行動しているのではなく、その時々の状況や要請や縁に従って流されている。

その四日後の日曜日、一月二十二日に原町教会を初めて訪れ、日曜日のミサに通うようになった。

幸田司教は、福島の原発周辺地域における復興支援に関わる中で、教会の信徒名簿に載っている人たちだけの共同体ではなく、この地域の人々と共に泣き、共に喜び、共に歩む共同体を思い描いておられるようだった。

幸田司教の誕生日が、三月十一日（一九五五年）だということも知った。

二〇一八年六月二十四日のミサの中で、幸田司教から、「実は、東京教区の補佐司教の辞任願いを出していたのですが、昨夜、教皇フランシスコによって受理されたと知らせがありました。だから、ここに、ずっといます」という話があった。

シスターや信徒の何人かは目頭を押さえていた。

わたしは洗礼を受ける時期を、自分の心に尋ねるようになった。

幸田司教との出逢(であ)いも大きかったが、自分が東由多加の享年である五十四に近づいていることと、北海道の大学に進学して独り暮らしをしている息子が二〇二〇年一月に二十歳になることから、いつ死ぬかわからない、いつ死んでもいい、と自分の死を視界の真ん中に捉(とら)えるようになった。痛苦からの逃避や、心の平安への渇望ではない信仰の歩みを、自分の足に感じ取れるようになったのである。

新型コロナウイルス感染拡大の影響で、カトリック原町教会のミサは、三月一日の洗礼志願式を最後に行われていなかった。

カトリックの洗礼式では、信者の中から神との契約の証人となる役割を担う代母の立ち会いが必要で、南相馬市原町区在住の高野郁子さんに務めていただくことになっていたが、

「三密」を避けるために参加できず、シスター吉岡に代母の代理をお願いすることになった。

午後六時半に原町教会の聖堂を訪れた。

洗礼式に参加するのは、幸田司教、共に洗礼を受ける安齋雅子さん、四人のシスター、生活と仕事を共にして十七年になる村上朝晴の八人のみだった。

全員マスクを装着し、一人一人間隔を空けて、聖歌はうたわずに歌詞を祈りのように静かに唱える、という通常とはかなり異なる形で、「復活徹夜祭・入信の秘跡」の祭儀がはじまった。

「新型コロナウイルスの感染拡大の影響で、この小さなミサの中で、ひっそりと洗礼式を行うことになりました。まるで潜伏キリスタンのようだと感じられていると思います。でも、キリスト教二千年の歴史の中では禁教や迫害の時代が長かった。日本の教会の五百年の歴史のうち半分は、厳しい禁教の時代でした。その時代のキリスタンとの繋がりを感じてほしい。今年は、コロナの問題で、世界の多くの国、多くの地域で、復活祭のミサや洗礼式を行うことができません。感染症の影響を受けている多くのキリスト者、感染症と戦っている多くのキリスト者との繋がりも感じてほしい。わたしたちは、その人々のために祈りますが、その人々も今日洗礼を受ける人のために祈ってくれています。今日、洗礼を受けるお二人は、洗礼、堅信、聖体、この三つの秘跡を受けることによってキリスト者になります。（中略）聖体は、パンと葡萄酒の証を通して、キリストと一つに結ばれます。パンは渡された体、葡萄酒は流された血です。この聖体は、イエスの受難と死のしるしであります。と同時に、復活して、今も生きていて、いつもわたしたちと共に歩んでいてくださる、そのしるしでもあります。キリスト者は、イエスの死と復活、イエスの苦しみと喜びの両方を生きる。イエスの物語の中心となるのは、受難と死です。しかし、死で終わるのではなく、大きな命へと向かう物語です。死から命へ、この移行をギリシャ語でパスカ（Pascha）と言い、日本語では過越と訳されています。わたしたちは、この死から命へと向かうイエスの物語を自分の内に保ちながら、イエスと結ばれて生きる。洗礼というのは、その過越の物語の出発点です」

幸田司教の言葉を聴き、コロナウイルス感染拡大で、集うこと、触れること、交わることが忌避されるという逆境の只中で洗礼を受ける意味を、わたしは自分の運命として受け止めた。

わたしは、誓った。

「罪に支配されることのないように、悪を退けますか？」

「退けます」

「神に反するすべてのものを退けますか」

「退けます」

わたしはテレサ・ベネディクタという洗礼名を授けられた。

テレサ・ベネディクタとは、ユダヤ人としてドイツで生まれ、フッサールに師事して哲学の道を歩んだ後に、カトリックに改宗してカルメル会の修道女となり、アウシュビッツで虐殺されたエディット・シュタインの洗礼名である。

いま、わたしが、抱いているのは、マルティン・ブーバーの『我と汝』の中の、「運命と自由は互いに誓いをかわしている。自由を実現したひとだけが、運命に出合う」という言葉である。

信仰に回収され束縛されるのではなく、信仰によって存在の深みの中で自由になり、運命と向かい合うことが出来る——。

Ⅱ

窓のある書店から

猫の巻

私はかねがね書店に窓がないのはどうしてだろうか、と不思議でならなかった。地下にある書店は当然だとしても、これまで窓のついた書店に行きあたったためしがない。ところが東京に棲むようになって二回目の引っ越しをし、近所を散策したとき、私はついに窓のある書店を見つけたのだ。

店内には一匹の猫がいる。硝子越しの陽光は、窓の外の枇杷の樹の葉に切り取られ、書物の頁の間と猫の毛のなかで蝶々のようにチラチラ踊っている。その小豆色をした雌猫はたいてい目を瞑っていて、本の上に長々と寝そべり、尻尾で本の表紙を叩いたりタイトルをなぞったりしている。

今日は朝から雨が降っていた。雨が小降りになったので、私は窓のある書店に行った。

聞き耳をたてているような枇杷の葉が窓硝子を撫でている。風は強く、窓は閉まっている。猫は欠伸をしながら背中を弓なりにして伸びをし、本棚の角で爪を研いでから主人の膝に飛び乗ってゴロゴロいいはじめた。

二冊の本を棚から引き抜き、主人に手渡した。ジョルジュ・シムノンの『猫』と、イギリス怪奇傑作集『猫は跳ぶ』。

雨が止むのを待つつもりで隣の喫茶店で読みはじめた。

『猫』は、連れ合いに先立たれ、七十歳を前にして再婚した夫婦の話。夫の愛猫を妻が毒殺し、仕返しに夫が妻のオウムの尻尾を毟り取って殺してからというもの、ふたりはひと言も言葉を交わさなくなってしまった。けれどふたりは何故か別れようとしない。夫婦は、別々に買い物をし食事をする。買ってきた食物は自分専用の食器棚にしまい、鍵をかける。食べ物に毒を混ぜられることを恐れているのだ。夫はメモ用紙に〈バターに注意〉と書いて、それを小さく折りたたんで妻の皿のなかへ投げ入れる。妻は夫の顔色が最近よくないのを見てとって〈あんたはもう死人みたいだよ〉と新聞紙の切れ端に書く。脅しの言葉を何も思いつかないとき、夫が必ず書く言葉は〈ネコ〉だ。その紙を渡されると、妻はオウムの剝製が入った鳥籠に愛情を込めた眼差しを向け、格子の隙間から指を一本差し入れる。

『猫』の頁を捲りながら、酔って終電が無くなりタクシーに乗った一週間前の深夜の出来事を思い出した。

呂律の回らない私が「一杯ひっかけて運転することってないんですか」と訊くと、「冗談いっちゃいけません。お客様の命をお預かりする仕事ですよ」とタクシーの運転手は怒ったようにいった。

私はしばらく間を置いて話の接ぎ穂を捜した。家に着くまで一時間以上かかるので気まずかったのだ。

「あのぉ、何時に家に帰るんですか」

「あぁ、昔は毎日帰ってたんだけど、最近は会社で眠ることが多いねぇ」

「奥さん、怒りません？」

「娘と息子が家を出て、結婚して、ふたりきりになったんだよ。そしたら突然パートで働くっていい出してね。いや、わたしにいったときにはもう履歴書出してたんだよ。腹が立ったから何もいわなかった。そしたら、だんだん服装が派手になっていった。浮気はしてないと思うんだよ、いくら化粧で誤魔化したってもうばあさんだからね。でもわたしが疲れて帰ったって飯は作ってない、掃除はしてない。わたしは生まれて一度も台所に立ったことがない男だけど、厭味で包丁でネギを刻んでやったよ。テレビを見ながら溜め息を吐くと、『疲れてるのはあなただけじゃないんだからやめてください』っていうんだ」

手探りのようなヘッドライトの光が寝静まった家々を照らし出した。電信柱に書かれた見知った町名と番地が目に飛び込み酔いが醒めてきたのがわかった。逆に運転手の声は酔っぱらったような熱を帯びてきた。

「『おまえは自分の化粧代や衣裳代のために働いているんだろ』ってわたしがいうと、『あなた、一度も洋服や化粧品を買ってくれたことがない』っていい返すんだ。わたしは家族を食わすために毎日働いてきたんだよ。三十年間。酒、ギャンブル、女、一度もやったことがないんだ。女房子どものために――。その日から口をきかなくなってね。もう三カ月になるな」

「三カ月も?」

　運転手は不意に空ろな声で、

「でもやっぱり夫婦だから、ちょっとした用事があるんだよ。そんなとき、猫にさ、息子は健二っていうんだけど、『健二が明日くるって電話があったぞ。久しぶりだな。もう忘れちゃったか?』なんてね」


「猫は跳ぶ」も夫婦の話だ。

「私たちはほとんどなにも信じない代わりに偏見もない」という底抜けに明るい無邪気なライト一家が、二年前夫が妻を惨殺するという事件があった屋敷に引っ越しをする。この新居に招待されたライト夫婦の五人の友人が、その夜、恐怖に取り憑かれたまま部屋に閉じ込められてしまうという短篇である。

鍵をかけた客の女はいう。

「今じゃ、ぜったい結婚なんかしないわ。結婚の結末をみて！（中略）一晩じゅう男とふたりっきりでいるなんて！」

ちなみに「猫は跳ぶ」は、猫はどこへ跳ぶのかわからないので待って情勢の推移を見る、という意味だそうだ。

夫婦になって何十年もひと晩じゅうふたりきりでいる――、想像してみるだけで怖い。猫が跳ぶのを待って、ある日突然――。どんな夫婦でも一篇のホラー小説のような物語を冷蔵庫やテーブルの引き出しのなかに隠し持っているのかもしれない。

ふと気がつくと外はもう暗くなっていた。薄れゆく夕陽。喫茶店を出ると、幽かな秋風が鼻腔をくすぐった。窓のある書店を覗くと、猫が意味ありげな視線を私に寄越した。

『猫』ジョルジュ・シムノン、三輪秀彦訳、創元推理文庫
『猫は跳ぶ――イギリス怪奇傑作集』エリザベス・ボウエン他、橋本槙矩訳、福武文庫

主婦になったばかりの奈穂美に誘われて、レインボーブリッジを歩いた。

「どうしたの顔色、悪いじゃない」というと、奈穂美は探るような眼差(まなざ)しを私に向けた。曇り空の下で海は眠っているようだったが、それでも風は潮の匂(にお)いがした。遠退(とおの)いた街を振り返った彼女は、東京タワーやビルを指さして、「あそこに東京タワーがあるってことは浜松町の駅はあの辺だね」と子どものように喜んだ。結婚して退社するまで彼女は毎日浜松町から会社に通っていた。

若いアベックが橋の向こうからやってくる。縺(もつ)れるように歩いていたふたりは素早く唇を重ね、くすくす笑った。アベックを目尻(めじり)に捉(とら)えた奈穂美は唇を結び、目的があるような足取りで歩きはじめた。

奈穂美は急に立ち止まり、海を見下ろした。

「どうしたの」

「子どもができたの」奈穂美は書かれたものを読み上げるようにいった。

「何か問題あるの？」私は奈穂美の横顔から目を逸(そ)らした。

奈穂美は頷(うなず)き、そして頷いたことの言訳のように、「モンダイってわけでもないけど」

と呟いた。

橋を渡り切るとそこは人工の砂浜だった。

隆起した波はレエスのような襞をつくり、砕けて泡になる。私は波を見ながら「風が冷たいね」といった。すると突然彼女は靴を脱ぎ、白い言葉を吐いた。波音に掻き消されて聞き取れなかった。奈穂美は海に足を浸した。足もとがゆらゆら揺れている。止めようと思ったが言葉が出ない。一瞬間、奈穂美の顔が泣いているように見えたからだ。私たちは沈黙をただ分かち合った。奈穂美は膝まで海に浸かっている。

「おい！　ここは泳ぐ場所じゃないよ」管理人が駈け寄ってきた。

「寒いでしょ」と私がいうと、奈穂美は濡れたスカートの裾を両手でぱたぱたさせながら、病み上がりの少女のような笑窪を見せた。

朝の天気予報では午後から雨になるということだったが、まだ降り出さない。私たちは顔を横にして海ばかり見て橋を渡って、帰った。

その翌日、私は窓のある書店に行った。

レジに座っている店の主人に私は三冊の本を手渡した。主人は老眼鏡をかけなおして値段を見るふりをしてタイトル――『満潮』『波』『死神とのインタヴュー』――を読み、

「今年、海に行きましたか」とレジを打ちながら訊いた。

主人に話しかけられるのははじめてだったので私はどぎまぎして口籠り、本の包みを受

け取ると逃げるように店を後にした。

『満潮』は性をテーマにした短篇集、作者のマンディアルグは三島由紀夫の『サド侯爵夫人』を仏訳したひと。

表題作の「満潮」は二十歳の青年が十六歳の従姉妹(いとこ)とふたりで海辺を歩く話。目的地に着く前に海は急速に満ちてしまう。青年は「もう少し上のところに坐(すわ)っていれば、足が濡れるだけですむよ」と怯(おび)える少女を宥(なだ)める。潮の流れでできた砂州にふたりは身を置く。青年は潮が引きはじめるまでの三十分間、少女にフェラチオをさせる。青年は一方の手で少女の頭をおさえ、波の律動に合せて腰を動かす。潮が満ちていくにつれふたりは絶頂に昇りつめていく。

ひとは海を見て、欲情するか、ある種の喪失を感じるかで、ふたつのタイプに分けられるかもしれない。この青年は欲情する。青年の性に対する羞(は)じらいと自己主張が奇妙に縺れ、波打っている。この青年の無邪気な傲慢(ごうまん)さと、三島由紀夫のつくられた肉体とのダブルイメージで、何か切ない気持ちにさせられた。男はある一時期、海に恋をして、海を見たがり、やがて海に背を向け急速に老いていく。

ヴァージニア・ウルフの『波』は六人の男女の幼年から老年までの時間を九つに区切り、六人のそのときどきの意識をモノローグだけで構成した作品。各章の冒頭は必ず海の描写ではじまる。海の夜明けから日没までの時間を九つに区切ってあるのだ。ウルフはひとの一生を海の一日になぞっている。ひとりの人間が生まれてから（物心ついてから）死ぬまでの間に口に出かかって呑み込んだ言葉を、打ち寄せては砕け、引いてゆく波のリズムで書いているのだ。絶え間ない生と死、かつ死と生――。

波は、立ち止まったかと思うと、我知らず呼吸する眠れる人のように、吐息を洩らしつつ、また、ひるがえっていった。

ノサックの短篇集『死神とのインタヴュー』のなかの「海から来た若者」は、海で水遊びをしている女が水中で何者かに脚を掴まれるところからはじまる。女が「出ていらっしゃい」というと、若者が水面から顔を出す。そして女は若者に微笑みかけ、若者もおずおずと微笑みかえす。女は溺死者の霊か死の天使なのではないかと疑いつつも、浜にあがってその若者の腰に（全裸だったので）タオルを巻きつけてやり、家に招き入れる。

この女は若者に埒もないことを止めどなく話しつづけるのだが、私は今年の冬の終わりにスキー場に行ったとき、（そういえば雪原は海に似ている）赤い橇の上で長靴を赤ん坊に見立てて語りかけていた、三歳くらいの女の子のことを思い出した。この女の子はしっかりと誰かに掴まれていたのである。彼女は三歳にして既に母親だった。ひとは大抵の場合、自分の希むものによって摑まれるものだ。それによって幸せがもたらされるか、不運が運び込まれるかは誰にもわからない。

女は語りかける相手を常に必要としている。子どもか、恋人か、夫か、長靴か――。そして決まってすべての話し相手は不意にいなくなるのだ。この女が海で出逢った若者も、翌朝海の泡のように消えてしまう。女は誰もが体内に小さな海を持っているのだが、この物語の結びの箴言はその意味で的を射ているだろう。

海は人間のあらゆる苦難を洗いおとす。

『満潮』ピエール・ド・マンディアルグ、細田直孝訳、河出書房新社
『波』「ヴァージニア・ウルフ著作集5」川本静子訳、みすず書房
『死神とのインタヴュー』ハンス・エーリヒ・ノサック、神品芳夫訳、岩波文庫

日記の巻

私は、幼少のころの悲惨な経験を繰り返し書き、語ってきた。先日も某女性誌の対談で、

問われるままに触れてしまった。喋(しゃべ)っていてどうもほんとうにあったという感じがしない。創(つく)り話のような気さえするのだ。口先からつぎつぎと出てくるそれは、痂(かさぶた)のとれた肌のようにつるつるしていて痛みが無い。そのときは声もあげられないほど痛かったという記憶が微かに残っているだけだ。

私の日記は、父母や弟妹や担任の教師や級友の悪口を書くことではじまった。鉛筆をカッターナイフのように握りしめ、憶(おぼ)えたての平仮名を書き刻んだ。最も多用した言葉は〈ころしてやる〉だったと思う。

父は私を風呂桶(ふろおけ)に押し込んで殴り、鼻の骨を折った。その日は〈パパころしてやる〉のひと言だった。翌朝、玄関の扉に私の日記帳が画鋲(がびょう)で磔(はりつけ)にされていた。〈パパころしてやる〉の箇所に赤線が引いてある。父がいつも耳に挟んでいる（競馬新聞に印をつけるための）赤鉛筆でやったのだろう。

そのころの私にとって言葉は痣(あざ)であり裂傷であった。

幼いころに両親を失い、十六歳で祖父を失ってまったく孤独の身となった川端康成(かわばたやすなり)に『十六歳の日記』という作品がある。

十六歳の川端は盲目で耳が遠い祖父とふたりきりの生活をしていた。祖父は病に倒れ、排泄(はいせつ)もひとりではできないようになる。

「しんど。しんど。ああ、しんど（苦しい）。」と、千切れ千切れに、天に訴へるやうな聲が吐き出される。

川端はあとがきのなかで、「死に近い病人の傍でそれの寫生風な日記を綴る十六歳の私は、後から思ふと奇怪である」と書いている。そしてまた、「私がこの日記を發見した時に、最も不思議に感じたのは、ここに書かれた日々のやうな生活を、私が微塵も記憶してゐないといふことだつた」と——。

もし日記に記されたことを記憶していないとすれば、『十六歳の日記』はフィクションであろうか。フィクションだとしても川端のこのあとがきは面妖である。つまり、日記なのか、それとも小説なのか。何れにしろ作家は読まれることを期待して日記を綴る。そのとき、そこには嘘がある。

ここまで書いて、私は（周知の事実かもしれないが）この日記は小説だと断言してもいいような気がしてきた。あとがきで、あまりにも日記が実在したものであると念を押しすぎているからだ。

十六歳の私はいつも図書館のなかにいた。図書館は冷蔵庫のように冷んやりとしていて、私を凍りつかせようと待ち構えていた。私の瞳はもちろん『十六歳の日記』を捉えていたが、無視していた。誰が読むだろう、十六歳のときに『十六歳の日記』を——。

写真週刊誌に載った「小津生誕九十周年に初公開。〃永遠の処女〃原節子のプライベートショット」という数枚の写真に、見てはならないものを見てしまったような驚きとときめきを感じた。

一枚は里見弴と並んだ原節子が、今まさに煙草をふかそうとしている写真である。そしてもう一枚は小津がくわえ煙草を、原が差し出すライターに近づけている。原の手は慎ましく、艶かしい。『東京物語』をはじめとする数々の小津映画では決して知ることができない、原節子の生身の姿が痛々しいような、それでいて何かほっとさせるようなスナップである。

都築政昭氏の『小津安二郎日記』は、人間小津を知るには夥しい小津本のなかでも最良の一冊かもしれない。

生涯独身を通した小津が、何故結婚しなかったかという秘密は、この日記でわかる、と思う。でもここで私が得心したことを書くつもりはない。筆者も遠まわしに記しているようだが、あくまで暗示にとどめているのは、いうまでもなく小津への敬意である。

十月十七日(水)　あけ方夢をみた、(田中)絹代さんとお茶をのんでいる、まことにつつましい夢だ。目が覚めると雨だ。

という三十歳の誕生日を前にした日記は、私の胸を打つ。四十七歳の日記も他人事のように書かれていて、哀しい。

十一月十七日（土）　このところ原節子との結婚の噂しきりなり。

『イーディスの日記』パトリシア・ハイスミス。イーディスは小学生の息子を持つ平凡な主婦である。そして平凡な、あまりにも平凡な生活を熱望している。しかし作者であるハイスミスはそれを許さない。底意地の悪い彼女は、平凡な生活を夢見ているイーディスを裏返しにする。日常はイーディスを天火にかけるようにじりじりと焦がしてゆく。彼女は寝たきりの夫の伯父を引き受けて看護する。息子は自閉する。夫は若い女と浮気する。彼女が幸せだと思えるのは日記を書いているときだけになる。日記には福音と調和に満ちた世界が綴られ、現実は罅割れていく。日記は福音書になり現実は地獄変になる。

私たちにとって日記とは何か？　何故日記をつけるのか？　イーディスは日記にこう記している。

現実と夢の世界の差は、耐えられない地獄だ。

小学生だった私は鉛筆を握って真っ白な紙に対う瞬間、心臓の鼓動を感じた。顳顬に、手首に、足の指の間にも。

私は原稿用紙から顔を背け、財布を持たないでふらりと外に出た。ひどい寒さだったが空は刃のように澄みわたっていた。窓のある書店に足が向いた。見慣れた風景が、表紙を引き千切ってばらばらになった日記帳の頁のように現れては、消えた。窓のある書店のシャッターは閉まっていた。私は今日が旗日だということに気づいたが、それにしても祝日に本屋が店を閉めるものだろうか。解せぬまま、部屋に戻りたくないので街を歩いた。

逃亡する家を、学校を失くし、殺したい人を失くした私は、何処から逃げ、誰を殺せばいいのだろう。

『十六歳の日記』「川端康成全集2」新潮社
『小津安二郎日記』都築政昭、講談社
『イーディスの日記』パトリシア・ハイスミス、柿沼瑛子訳、河出文庫

父の巻

踏切の音で目を醒(さ)ました私はパジャマの上にコートを羽織り、駅前のキヨスクに新聞を買いに出掛けた。紙鑢(かみやすり)のような乾風が皹(ひび)割れた唇を乱暴に擦(こす)って去く。私は歩きながら唇の皮を毟(むし)り取った。キヨスクのおばさんに「遅いからみんな売れ切れちゃったわよ。ごめんなさいね」といわれ、駅の時計を見ると一時をまわっていた。そのまま部屋に引き返すのは何だか厭(いや)なので窓のある書店に向かった。

私は書棚を前にすると何故(なぜ)か爪先(つまさき)立ってしまう。現在の自分が正午の影のように縮み、幼いころの自分に重なってゆく——、そんな気がするのだ。

はじめて手にとったのは、父の書棚にあった世界文学全集のなかの一冊だった。汗ばんだ手で父の本に触れると指が埃(ほこり)で汚れ、表紙に私の指の跡が残った。家族で本を読むのは私だけだった。父は本を読んでいる私を羨(うらや)ましそうに眺め、「大事に読みなさい。読み終わったら、ちゃんと元に戻しときなさいよ」と執拗(しつよう)に繰り返した。世界文学全集、日本文学全集、シェイクスピア全集、マルクス全集、論語、漢詩、辞書も二十冊以上あった。父はぶ厚い本が好きだった。厚みのある本なら何でもよかったといってもいいと思う。何故なら父は日本語の読み書きができないからだ。

深夜、尿意を催して目を醒ましたとき、私のランドセルから教科書を取り出して平仮名の書き取りをしている父を見てしまったことがある。私は寝呆けた芝居をしながら布団に潜り込んだ。

去年の正月、久しぶりに家に帰って父の本を読んだ。私が手帳をひろげてその本のなかの一節を書き写していると、父の口から「泥棒」という言葉が零れ落ちた。

「別に盗むつもりで写してるんじゃないよ。ただ、いい文章だと思ったから」といったが父は取り合ってくれない。

「他人様が苦労して書いた言葉を盗むくらいなら、きみ、書かない方がいいよ。自分の経験したことだけを書きなさい」

私はあきらめて口を噤んだ。

「わたしは、ヘミングウェイは本物だと思うね。ヘミングウェイは戦争に行って戦争のことを書いた」

父はヘミングウェイを読んだことがあるのだろうか、韓国語で？　書棚の横には黄ばんだ韓国語の本が積み上げられている。そのなかにヘミングウェイがあるのかどうか私にはわからない。いつまでもつづく父の説教を聞きながら私はハングル文字を睨んだ。

『父の遺産』はユダヤ系アメリカ人であるフィリップ・ロスが、脳腫瘍と闘い死んでゆく父親を描いた作品。中卒の学歴しか持たない元保険会社の勧誘員である八十六歳の父親は最後まで死を打ち負かそうとして、タオルを投げられてもリングから降りようとしない。フィリップ・ロスは、そんな父親からレフリーのように目を逸らさず、感傷を排して淡々と克明に書き綴っている。そして淡々としていることがかえって父親の死という事実を生々しく浮かびあがらせる。この本のなかには実在する（あるいは実在した）人物しか登場しない。文中の〈私〉は明らかにフィリップ・ロス自身であるが、この『父の遺産』には自伝小説の雰囲気がまったくといっていいほど無い。この小説は、父親の葬式から数週間を経たある明け方に、作者が夢のなかに現れた父親に叱責され、悲鳴をあげて目を醒ますエピソードで締め括られる。

　夢が私に伝えていたのは、本のなか、人生のなかではそうでなくとも、少なくとも夢のなかでは、私は永久に父の小さな息子として、小さな息子の負い目を抱えて生きつづけるということなのだ。そして父も、私の夢のなかでは、単に私の父親としてだけでなく、父親というものとして、私のやること一つひとつに裁きを下しつづけるのだ。

沢木耕太郎氏の『象が空を』は、一九八二年から九二年までの全エッセイ集である。とてもエッセイ集とは呼べないような力感にあふれ、手に持つとずっしりと重い。一篇一篇を丹念に読めば、さらにその重さが心にのしかかってくる。

「父と子　大宅壮一」と題されたエッセイでは、大宅の夭折した息子である歩の、ジャーナリズムの兵士であり指揮官であった大宅壮一へ向けた激しい批判を通して、ジャーナリズムの「腐りやすさ」を自戒を籠めて書いている。沢木氏は歩と同じ批判の眼差しで大宅壮一を見ていたが、十年ほど経った後になって、「時代に深く爪痕を残す」ことを断念したジャーナリスト大宅に、まさに子が父に対するような屈折した敬意を抱くようになる。

「そこから始まる」はその大宅が、山口二矢の父、晋平について「彼のいちばん恐れているのは、彼自身の失職だということが、こういった言葉のはしばしにも現れている」と書いたことへの沢木氏の疑問を記した短い文である。「十七歳で死んだ」二矢に対して晋平の小市民的な人生を思うと――、短篇小説の読後感のような趣さえある。


韓国のテレビ番組で私のことが紹介されることになり、ディレクターが父を撮りたいというので勤務先のパチンコ屋に行った。勤務中のロケバスのなかで通訳に、「あの……父は通訳なしでお願いします。二十歳まで韓国にいたからおそらく日本語よりうまくしゃべれると思うんですが、もし、もしも言葉に詰まったり、間違ったイントネーションを使ったりしても……」

日本語の単語を間違えて憶えている父は、うんちをうんちんといったり、埒が明かないをろちが明かないといったりする。そんな父を母は「無知ね」と嘲笑った。日本語を喋っても笑われ、韓国語を喋っても笑われるとしたら——、私は父の唇を祈るように視凝めた。ディレクターが質問する。父の口から流れ出した言葉はりっぱな韓国語だった。胸を張り、身振り手振りを交え、まるで大統領の就任演説のように澱みなく——。

書店の主人は窓を薄く開けた。一条の風が本の頁を捲り、その文字の上を撫でていった。風の眼差しは父のそれのように憧れに満ちていた。

『父の遺産』　フィリップ・ロス、柴田元幸訳、集英社
『象が空を』　沢木耕太郎、文藝春秋

戯曲の巻

イヨネスコが死んだ。朝刊の一面に載っていたその記事の扱いは思ったより大きかった。今イヨネスコを読んでいるひとはどれくらいいるだろう。想像を絶するほど少ないのではないか。本屋で戯曲を見かけることは滅多に無い。文庫でチェーホフ、テネシー・ウィリアムズを見かけるくらいだ。私が劇作をはじめたときに読み漁ったエドワード・オールビ

ー、アーサー・ミラー、ユージン・オニール、サム・シェパードの本は戯曲のコーナーを（隅の方に）設けてある大きな書店にしかない。この国では戯曲はほとんど読まれないのだ。私は溜息を吐いて窓のある書店を出て、図書館に向かった。目につく戯曲を何冊か手にとって借りる。もちろんイヨネスコも。

貸出期限日が書いてあるスタンプカードを見て、驚いた。私の前にイヨネスコを借りたひとは九二年にふたり、九一年にひとり（これは私だ）、八〇年代に借りたひとは僅かふたり、その前は一九六三年だ。五〇年代、六〇年代には三十六人のひとが読んでいる。イヨネスコがブームになり、『授業』や『禿の女歌手』があちこちの新劇団で上演されていた時期だ。

イヨネスコ『椅子』。

言語の解体（あるいは悲劇）が、イヨネスコを論じるときのキイワードであることは広く知られている。しかし戯曲を書く側からいえば彼の台詞は奇妙に生き生きとしていて、言語の解体というより、言葉が登場人物を解体し、破滅させるようだ。イヨネスコの言語はまさにギリシャ悲劇における神か宿命のように登場人物を操っている。

英語の会話読本から示唆を受けたとされるイヨネスコの戯曲を読むと、差別語とそのいい換えも、言語解体であることを知らされる。そこで想い起こすのは筒井康隆氏だが、筒井氏は何本かの戯曲を書いているし、イヨネスコからの影響は既に指摘されているに違いない（勉強不足です）。イヨネスコの死と筒井氏の断筆は、言葉に係わる人間にとって重要な意味を持つ。言葉の解体は、言葉で繋がろうとする人間にしか知覚できないし、差別語の駆逐は関係の解体にしかならないと思うからだ。

『授業』のなかで教授はいう。

「どんな言葉でも……いいですか、覚えといてください、死の瞬間にいたるまで忘れてはいけません」

「意味を背負った言葉だけが、その意味の重さに耐えきれず、打ちのめされ落下してしまう……」

ジャン・コクトーの『声』は今後、上演されることは大変難しいように思える。私は十年ほど前に読んで新鮮な驚きを得たが、芝居としては観ていない。舞台化されない戯曲は図書館の片隅に、文学の一ジャンルとして埃をかぶったまま安楽死してゆくのだろうか。『声』は恋人に棄てられた中年（であってもいいし、老婆であってもかまわない）の女が、その相手に電話をかけるという独白劇である。果たしてこの女（ゲイでもいいのだ）がほんとうに電話をかけているのか、あるいは自分に宛てて手紙を書くように擬装しているのかは、どちらにも読みとれる。演出家の解釈によって決定づけられることになるだろう。もちろん女子高生に演じさせることもできるわけで、役者の年齢や個性によってまったく異なる芝居が生まれるのだ。私が作者であったとして、普通に読めば成熟した女であるこの役を、ソープランド勤めの二十歳という設定で上演されたとしたら、その解釈に満足するだろうか。戯曲は上演されたときは、もう作者のものではなくなってしまう、にしても。私の戯曲はト書に特徴があるといわれている。しかしどんなにト書に技巧を凝らし緻密な描写をしても、いやそうすればするほど、現実の舞台上で表現されることは難しい。

テネシー・ウィリアムズの初期の戯曲である『財産没収』のなかにこんなト書がある。

この地方特有の白いミルク色のもやが立ちこめている冬の朝。空気はしっとりとつめたい。

このト書に指定されているような、ミシシッピイ地方特有のもやとしっとりと冷たい空気を舞台化するのは無理である。どんなに有能な演出家であっても実現不可能だ。そう考えると、テネシー・ウィリアムズのト書の行間にはすべての劇作家の無念が滲み出ているように思える。

ト書は小説の描写とも映画のシナリオともまったく異なり、劇作家の見果てぬ夢のようなものなのかもしれない。

テネシー・ウィリアムズは読まれることを十分に意識して書いたのだろうが、演劇雑誌が二誌しかない（その発行部数たるや——）日本の演劇状況では、せっかく書いたト書を読んでもらう機会は少ない。何れにしろ読まれる戯曲はほんとうに数少ないのだ。そのことが上演台本としての戯曲を痩せさせている原因なのかどうか私にはわからないが——。

ある出版社で私の戯曲を出してくれることになり、打ち合せをした。

「戯曲は読まれないので、慎重に三千から四千ぐらいで」担当のTさんはすまなそうにいった。私は驚いた。三千なんてとんでもない、千売れるか売れないかだ。

「三千、絶対に売れません。この国では戯曲を読む習慣がないんです。戯曲を読み物だと思ってないんです」

Tさんは私の言葉を謙遜と受け取ったのか、「読まれないなら、なおさら読み物としても面白いことを知らしめなければなりませんよ。柳さん、頑張りましょう」声に力を漲らせた。

結局四千刷ってしまった。果たして何割売れるだろう。

『椅子』「イヨネスコ戯曲全集1」安堂信也訳、白水社
『授業』「イヨネスコ戯曲全集1」安堂信也・木村光一訳、白水社

『声』「コクトー名作集」岩瀬孝訳、白水社
『財産没収』「テネシイ・ウィリアムズ一幕劇集」倉橋健訳、早川書房

夜の巻

夜。

今日は眠れないと思う夕方、私の足は窓のある書店に向く。

夕暮れの本棚、夜という文字が入っているタイトルだけが疲れた目にくっきりと映る。書店の猫は大判の雑誌の上でゆったりと横たわって、不熱心に陰部に舌を這(は)わせている。

『夜の樹』の訳者の川本三郎氏は解説のなかで、カポーティのいくつかの短篇に登場する人物のことをこう書いている。

「彼らはみんな孤独な人間たちである」と。

私もまた孤独だったのだろうか。子どものころ、深夜頭から布団をかぶり懐中電灯で本の文字を照らし（そのせいで視力は両眼0・02）、出口のない穴のような暗い物語のなかに埋まり込むと、昼の間にささくれ立った気持ちが癒(いや)されるような気がした。眼球を闇(やみ)に浸していると次第にもうひとりの自分が形になってくる。そしてそれは私の耳を唇で塞(ふさ)ぎ、

思いを流し込む。といっても思いは、夜のなかでは不定形なものであって、決してくっきりまとまるなどということはない。

「ミリアム」に登場する老女は、先立たれた夫の保険金でひとり暮らしをしている。「最後の扉を閉めて」のウォルターは白日夢のなかを遊泳している。少しあらすじを追った方がよければ、こうだ。「無頭の鷹」のヴィンセントは画廊に勤めている。ある朝、気配を消したひとりの少女が画廊に入ってくる。何の前置きもなく一枚の絵を買ってくれといい出す。ヴィンセントは少女に、画廊は絵を展示するところで自分には絵を売買する権限がないと説明するのだが、彼女は帰ろうとしない。彼は仕方なくその絵を見てやる。そしてその絵が欲しくなる。画廊のためにではなく自分自身のために。その、頭のない鷹と頸のない女性の絵がまさに自分自身のような気がしてならなかったからだ。電話が鳴り、話している最中に少女は絵を残して消える。

孤独な人間は、皆一様に〈夜のなかの夜〉に向かって歩き出す散歩者だ。だからといって彼らを夢遊病者だというべきではない。毎朝電車を乗り継いで、怪しげなビルのなかに入っていく人間たちこそが夢遊しているのだ。夜の人間にとっては、日常生活こそが腐った魚のような鼻を曲げて遠ざかるべき対象であり、グロテスクな夢なのだ。

デューナ・バーンズの『夜の森』が発表されたのは一九三六年のアメリカである。彼女はこの作品を書いた後、一冊の戯曲と詩集を出版しただけだ。『夜の森』一冊のためだけの人生、といっても過言ではないだろう。しかし彼女の一生が無為であったわけではない。なんといっても無数の夜があったのだ。彼女は豊饒（ほうじょう）な夜の森に分け入って苦悩に身を浸し、一九八二年アルコール中毒の果てに九十年の長い生涯を閉じた。アルコール中毒は昼間に酒を呑（の）むかどうかが分岐点になるだろう。昼さえも夜に変えることが正真正銘の夜の人間だともいえる。

「昼を夜に変える者たち、若者、麻薬中毒患者、放蕩者、酔っぱらい、そしてあのもっとも哀れなる者、夜どおし恐怖と苦悶のうちに見張りしている恋人にしても、同じだ。これらの連中は二度とふたたび昼の生活を生きることはできない」（中略）
「真昼どき彼らに会えば、彼らはあたかも身を護る放射物かなんかのように、暗く押し黙ったものを発散している。もはや光は彼らに似つかない」

『夜の果ての旅』はセリーヌの処女作、自伝的な作品だ。彼の墓石には〈否（ノン）〉の一語だけが刻まれている。
夜の旅は〈是〉と〈否〉の谷間をくぐりぬけることに費やされる。そしてもちろん〈否〉の終止符で夜が明ける。何に対して〈否〉といったかどうかは問題ではない、この世のすべての問題は終止符を打つかどうかにかかっているのだ。終止符とは、むろん死だが、私たちの夜は単に終止符まがいの句読点にすぎない。私たちは夜という〈否〉の句読点を打ちながら、困ったことに呆気（あっけ）なく眠りに堕（お）ち、白日のもとに目を醒（さ）ますという按配（あんばい）なのだ。彼ら、夜の人間は昼間は死者であり、夜という死の森のなかの生者なのだ。

もし終止符を打つことが怖ければ『夏の夜の夢』という手もある。

この原稿を書いている私の目の前に、黒ずんで項垂（うなだ）れた薔薇（ばら）の花がある。六月二十二日、終電の時間をとうに過ぎて酒場から帰還した私の部屋の扉の前に、贈り主のわからない薔薇の花束が置いてあったのだ。私は夏至（げし）に生まれた。

『夏の夜の夢』は夏至の夜の話だという。一年中で精霊がもっとも活発に横行するときとされ、恋占いなども行われたそうだ。

『夏の夜の夢』のハーミアの台詞（せりふ）。

ねえ、お願い！　私、気が遠くなりそう、こわくて。
返事はないの？　やっぱり近くにはいないのだわ。
私は死ぬか、あなたを見つけるか、どちらかだわ。

ほら、ハーミアでさえ孤独なのだ。終止符を打とうかどうかで、こんなにも悩んでいる!

だが、イスラムの世界には〈夜のなかの夜〉と呼ばれる夜があって、天井の扉が広く開かれ、壺のなかの水が甘くなるという。

今夜も〈夜のなかの夜〉を散歩しよう。

『夜の樹』 トルーマン・カポーティ、川本三郎訳、新潮文庫
『夜の森』 デューナ・バーンズ、野島秀勝訳、国書刊行会
『夜の果ての旅』 ルイ゠フェルディナン・セリーヌ、生田耕作訳、中公文庫
『夏の夜の夢』「シェイクスピア全集12」小田島雄志訳、白水Uブックス

老人の巻

私は駅前の果物屋で桃をふたつ買って、窓のある書店に向かった。

窓のある書店の隣には歯科医院がある。その前のガードレール沿いで草花が売られていた。ときどき如雨露で水をやっている老人の姿を見かけた。草花の名前が書かれた札がついている小さな鉢、鉢を置いてある細長い台には〈売上げは交通遺児に寄付します〉と書

かれた錆びた鉄製の貯金箱があった。そしてガードレールには木片が括りつけられていて、〈草花の育て方を聞きたいひとは遠慮なく玄関の呼び鈴を鳴らしてください〉とある。私は書店に行った帰り、いつもそれらを眺め、貯金箱に小銭を入れて気に入った草花の鉢を持ち帰ったこともあった。

　あるとき、久しぶりにその前を通ると、草花が並べられていた台も張り紙も貯金箱も跡形もなく消えていた。老人は病を患って入院してしまったのだろうか、あるいは耄けて老人ホームに入れられたのか、それとも――。

　谷崎潤一郎の『瘋癲老人日記』は、老醜に充ちた〈性〉をリアルに描いた小説だという漠然とした印象を持って読みはじめたのだが、読み進めるうちに何度も声をたてて笑った。笑いながらこれは谷崎が意図したものだろうかと疑問に思った。もちろん作者と同一視されかねない主人公の老人を、徹底して戯画化したのはわかる。三島由紀夫は〈荘厳な喜劇性〉と指摘しているが、それを私はただ喜劇として受け止めたのかもしれない。

　最後に「佐々木看護婦看護記録抜粋」で、訪ねてきた主人公の老人の息子夫婦に精神科医が、老人の病気は異常性欲だという意見を述べるくだりがある。しかし今日ではこの老人の性欲は異常でも何でもない、ごく普通の健康なものだと診断されるに違いない。

　そのことはこの作品の文学的価値に何ら影響を及ぼしていないが、正常な性欲だと考えれば、〈荘厳〉さはきれいさっぱり消え失せ、老人の行動はただひたすら笑いを誘ってしまうのだ。

私はパトリシア・ハイスミスが好きだ。なかでも『11の物語』と『黒い天使の目の前で』、このふたつの短篇集を繰り返し読んでいる。前者には「愛の叫び」、後者には「うちにいる老人たち」という老人を描いた短篇が収められている。

「愛の叫び」は七年間ともに暮らしているふたりの老女、ハッティーとアリスの物語。ハッティーはアリスが大事にしている姪からの誕生プレゼントであるカーディガンを鋏で切り裂き、それを知ったときの彼女の顔を思い浮かべて心の底からほくそ笑んで布団に潜り込む。つぎの夜、アリスはその仕返しにハッティーが熟睡するのを見計らって、彼女の唯一の自慢であるその長い髪を断ち切る。ずいぶん前からふたりは互いが大切にしているものを隠したり壊したりし合っているのだ。

「うちにいる老人たち」は子どものないマッキンタイア夫婦が、慈善行為として施設にいる老夫婦を引き取るところからはじまる。老人は街の歯科医院に行くためにわざと入れ歯を失くし、老女は夫が入れ歯を拵えている間に美容院で髪をセットする。もちろんその費用を払うのはマッキンタイア夫妻だ。

やがて老人はお漏らしをするようになり、マッキンタイア夫妻は仕事が手につかなくなってしまう。施設は満員でふたりを帰すことができない。ある日、ふたりが仕事から帰ると、二階の窓から煙が出ている。あわてて一階の書斎から仕事道具を持ち出すが、「二階は？」と訊く妻に、「燃やしてしまえ！」と夫はいう。夫婦は二階にいる老夫婦を助けようとせず、見殺しにする。

私が好んで読む老人を扱った小説は、老人の無邪気ともいえる残酷さや邪悪さが描かれているものに限る。それは取りも直さず人間の原形だからだ。若くて邪悪な人間は、(マフィアや麻薬密売人などは別にしても)極限状況でなければリアリティに欠けるが、老人は日常生活でリアルな残酷さを発揮する。老人が日向ぼっこなどをしながら、無意識のうちに罪深い悪業を企てるというところに、私は引攣るような愉悦を感じるのだ。パトリシア・ハイスミスは老人の皺の数と深さほどに入念に老人の罪と罰を描き切って余すところがない。

ガルシア＝マルケスの小説にもよく老人が登場する。短篇集『エレンディラ』のなかの「大きな翼のある、ひどく年取った男」は、ある家の庭のぬかるみのなかに泥だらけになって倒れている老人の話。

この老人にはぼろぼろの翼が生えている。集まった近所のひとびとは、この老人は天使で歳を取り過ぎたせいで雨にはたき落とされたのだという結論に達する。

何年かが過ぎて皆に飽きられたころ、老人は高熱を出し衰弱してゆくが、回復したころから中庭で飛ぶ練習をはじめる。そして老いぼれた禿鷹（はげたか）のようなはらはらする羽ばたきで、場末の家々を越えて飛んでゆく。

この小説のなかで老人は、パトリシア・ハイスミスの小説のように冷酷には遇されていない。老齢こそが思春のときであるかのようだ。樹齢数千年の縄文杉がある種の荘厳な清冽（せいれつ）さを感じさせるように。

そういえば日本の民話や伝説のなかの老人たちは、決して醜悪な存在ではなく、善男善女が多いのは何故だろうか。語り手が老人だったせいで、老人を美化したのだろうか。私にとっては、『エレンディラ』に収められた「無垢（むく）なエレンディラと無情な祖母の信じがたい悲惨の物語」に登場する祖母の極悪非道さの方が好ましい。

何れにしろ老人にとっては、近代化された都市よりも、ラテンアメリカの神話と伝説に満ちた風土の方が棲（す）むには相応（ふさわ）しい。

私のマンションのベランダには老人から買った草花がまだ生きている。

『瘋癲老人日記』新潮日本文学6「谷崎潤一郎集」
『11の物語』パトリシア・ハイスミス、小倉多加志訳、ハヤカワ文庫
『黒い天使の目の前で』パトリシア・ハイスミス、米山菖子訳、扶桑社ミステリー
『エレンディラ』ガルシア＝マルケス、鼓直・木村榮一訳、ちくま文庫

書くの巻

——書けない。小説の締切を一カ月延ばしてもらったのだが、その締切も目前に迫ってきている。書けない、書けない書けない。近ごろの私は書くことから最も遠い精神状態にあるような気がする。私のなかには書こうという意欲が微塵もない。書けない自分に腹が立ち、目や耳に飛び込んでくるすべてのものに苛立っている。冷蔵庫のなかを何分間もぼんやり眺めたり、無理矢理目を瞑って布団の上で眠ったふりをしたりする。書くしかない、と何度も自分にいいきかせてワープロの前に座るのだが、思考と言葉は縺れあい瘤のように固まって私には解けそうにない。

九月十七日の朝日新聞、「大江健三郎さん　小説執筆に終止符」という大見出しが目に飛び込んできたとき、驚くというより俄かには信じられず何度も記事を読み返した。これから小説を書きつづけようという者にとって氏は巨大な森のような存在で、分け入るにせよ、迂回するにせよ無視することは絶対に不可能だからだ。ＮＨＫスペシャル「響きあう父と子」で大江氏と光さんの映像を観た翌日のことであったし、偶然にも氏の同時代論集『書く行為』を読み終えたところだったのでショックは大きかった。

書く行為が、「創作のテーマが解決」することで完結できるものであろうか。氏は『書く行為』のなかで「本当に文学が選ばれねばならないか？　とみずから問うとき、それは実は、いま書きあげたばかりの小説にではなく、次の小説にのみかかわっているのである」といっている。さらに「すでに取り消し不可能な選択をした人間」である氏は、作家として死ぬと宣言しているのだ。大江氏の自己救済がなされたとすれば喜ばしいことではあるが、氏ほどの作家に「次の小説」が生まれないなどとは、どうしても思えない。

と書いてこの原稿から遠ざかっている間、大江氏がノーベル文学賞を受賞したというニュースが大々的に報じられた。インタヴュー記事によると、三、四年後には新しい形式の文学に取りかかりたい、ということで、どうやら小説を書かないということでもなさそうだ（それにしても朝日の記事は何だったのだろう）。

路(みち)に迷ったような足取りで見慣れた街を歩いていたが、いつの間にか窓のある書店のなかに入り込み、数冊の本を抱えていた。どれも書くことに係わる本。

『ある作家の日記』はヴァージニア・ウルフの三十六歳から五十九歳で自殺する四日前までの日記を、夫であるＬ・ウルフが抜粋したものである。この日記を読むと、首肯(うなず)けることばかりだった。

人は深い感情からものを書かなくてはならないとドストエフスキイは言った。ところで私はそうしているだろうか。それともことばの好きな私は、ただことばでものをこしらえているのだろうか。

彼女は書くという行為を草をはむと表現しているが、言葉をはむように書かねばならないと自戒させられる。それにしても百年も前の作家の文学への想(おも)いが、私とほとんど変わらないということに何とも不思議な気がした。この日記で作家の心得を学ぶことができるが、ひとつの本を書く前に冷たいシャワーを浴びるべきだ、などと実用的でもある。

「正直言って、もう一行も書けなくなるまで書きつづけるつもりだ。ジャーナリズムも、何もかも、これに道を譲るべきだ」と彼女はいっているが、ほんとうにその通りだ！

『永遠の星の王子さま』は戦闘機に乗って飛び立ったまま行方不明になったサン＝テグジユペリの没後（死は確認されていない、生きていれば九十四歳）五十年記念に出版された。

彼が属していたのは偵察飛行隊だったが、生還の確率は三回に一回しかなかった。彼は四十三歳のとき、空中勤務から外された。意気消沈している彼に友人が、ものを書いているのか、と訊(たず)ねた。すると彼は、「なんであれ、ものを言う権利はわたしにはない、わたしはもはや参加している人間ではない、戦争に参加している人間たちだけが、ものを言う権利を持っている」といった後、空中勤務に戻れるよう助力してくれと懇願したという。「ライフ」のカメラマンであったこの本の著者の協力でサン＝テグジュペリは五回の飛行を許される。そして許可された回数より四回多い九回目の飛行中、彼は地中海上でレーダーから消える。

サン＝テグジュペリにとって、書くことと、飛行することはほとんど同じ意味を持っていた。行為が無ければ書くことなど無意味だったのだ。サン＝テグジュペリの一生は、行為と切り離されて文字の列を並べるだけの私を暗澹とさせる。

マルグリット・デュラスは『エクリール――書くことの彼方へ』のなかでこういっている。

穴の中、穴の奥、完璧に近い孤独の中にいて、書くことだけが救いになるだろうと気づくこと。（中略）

書かないでいたら、私は不治のアル中になってたでしょうね。これ以上書けなくなって途方にくれてしまうのはよくあることよ……（中略）途方にくれ、もはや書くことがなにもない、失うものもなにもないから書いてみる。（中略）

自分が手をつけ、書いてみる前に、これから書くものの何かがわかっていたとしたら、人は絶対に書かないでしょうよ。そんな必要はなくなってしまう。

デュラスの言葉は私を勇気づけ、とにかく書くことしかない、それだけのことだという、しごくあたりまえのことを教えてくれる。

私の処女小説『石に泳ぐ魚』の出版をめぐるトラブルで、辛い一カ月だった。

『書く行為』「大江健三郎同時代論集7」岩波書店
『ある作家の日記』「ヴァージニア・ウルフ著作集8」神谷美恵子訳、みすず書房
『永遠の星の王子さま』ジョン・フィリップス他、山崎庸一郎訳、みすず書房
『エクリール——書くことの彼方へ』マルグリット・デュラス、田中倫郎訳、河出書房新社

春の巻

陽が落ちたので、読みかけの本を閉じて洗濯物を取り込んだ。十一月も終わりだというのに箪笥やクローゼットのなかの洋服はまだ春夏物だ。私は春夏物を紙袋に突っ込み、押

し入れから引っ張り出した秋冬物をハンガーにかけていった。そして紙袋を両腕にぶら下げてクリーニング屋に向かった。——寒い、トレーナー一枚で出てきてしまったのだ。春夏秋と季節があまりにも早く去ってしまったので、冬になったという実感がまったく持てない。いつからだろう、季節に対する感覚が鈍ってしまったのは。十二歳のころは教室の窓から身を乗り出し、散る花びらを掌で掬い、甘ったるい春が永遠につづくような気持ちに囚われていた——。

私は窓のある書店の扉を開けた。そして春という文字を捜した。

ル・クレジオの『春 その他の季節』のなかの「春」という短篇は、生まれてすぐ母親に金で売られるようにして棄てられ、その母親に十六歳になって養父母のもとから強引に引き取られる少女の物語である。はじめての性体験や家出など、十六歳の少女の行動と心理が描かれているが、ありがちな喪失感や絶望などは微塵もない。

彼女は「夢の中でのように虚空の縁」にいて、此処より他の場所へ行くことを夢見ているが、実際はただ待っているだけだ。十六歳の少女はただひたすら待っていると思い込むものなのだ。しかも少女が心の奥底ではっきりと意識しているように、「あたしは待っていた。そしてまた何も待っていなかった」。

私も十五、六歳のとき、何度も家出を試みたが、実際は家出をしたというより、待っているものが現れないので捜しに出掛けたのだ。そして自殺未遂に終わったのは、何も待っていなかったことを知っていたからだ。待つということは希望である。十六歳の少女が希望などという病気を患うはずがない。

物語は少女が母親と似たような運命を辿ることを予感させて終わる。「すべての女はその母親のようになる。それが彼女たちの悲劇である」と喝破したのはオスカー・ワイルドだ。

養父母は母親に逢ったときのことをこう話す。「その女の目のなかにある陰鬱で激しい神秘さであり、その目のなかにある厳しい光、中断された少女時代の意地悪さ」に心を動かされたのだと。女は少女時代を幸福に通過してゆくことができるタイプと、中断されるタイプの二種類に分けることができるかもしれない。私は――、もちろん後者だ。

『春の嵐』のあらすじはこうである。

音楽家のクーンはゲルトルートに恋をするが、彼女はクーンの友人のムオトと結婚してしまう。クーンはそれ以来、「欲望をもって女を追い、女の口のキスを求めることは、もうけっしてできない」ことを知る。女たらしで気まぐれなムオトとゲルトルートの家庭生活は、酒浸りになったムオトの死という不幸な結末で終わる。クーンはゲルトルートを取り戻そうかと考えるが、「自分の一生も彼女の一生ももはや訂正するよしのないものである」としてあきらめる。

ヘルマン・ヘッセは中学に入学した年に文庫を全部揃えて読んだ。『春の嵐』を読み返してみたが、中学生のときの感動は蘇らなかった。だからといって、「青春が現実であった時より、いまは一段と清純な調子で響く」というほどの年齢に達していないせいだとは思わない。また当時は〝若読み〟をしていたのだとも。

小説のラストでクーンは夫に死なれたゲルトルートを、「彼女は自分の春を、失楽園のようにではなく、かつての旅の日に見た遠い谷のように見ているのだ」と思うのだが、これは私のヘッセの小説への距離をぴったりいい当てているような気がする。私はヘッセの小説群を旅の日に読んで感動し、少女時代を中断して苛酷な現実に立ち向かったのだ。十三歳と二十六歳のときに読んだ『春の嵐』はまったく別の小説だと考えた方がいいのかもしれない。

私の好きな作家である、トルーマン・カポーティとテネシー・ウィリアムズとの想い出を綴ったドナルド・ウインダムの『失われし友情』を読んで少なからずショックを受けた。私の頭のなかには、フランソワーズ・サガンの『私自身のための優しい回想』でカーソン・マッカラーズとともにサガンの前に現れるテネシーの像がしっかりと刻み込まれていたからである。『失われし友情』のなかのテネシーは酷薄で、その最期のように些かグロテスクでもある。テネシー自身も「世間では私に疑いと憤りを感じている人も多いだろう。

（中略）私は他の人間に無関心以外のものを感じないのだ」といっている。

それはさておいて、『ストーン夫人のローマの春』は、老年期にさしかかったストーン夫人の、漂うしかないローマでの生活を描いた小説である。彼女にとってのリアルな存在は、情人にしている零落した上流階級出身のジゴロの輝くような肉体と、街を歩いていると何処からともなく現れて猥褻な合図を送る薄汚れた身なりの美貌の青年だけだ。ストーン夫人はテネシー・ウィリアムズの戯曲のほとんどすべてに登場する、抑圧された性によって理由なく行動するしかない人間として描かれている。

「真実は実現できない夢だ」というのはテネシーの言葉だと記憶しているが、ストーン夫人はまさに実現できない夢のなかを漂っているだけである。

ローマの街で夫人が水道栓から水が出ていると思ったのは、実は美貌の青年の立ち小便だったのだが、おかしくも哀しいその音が全篇に響いて、ペシミスティックな色合いと喜劇性が奇妙なハーモニーを醸し出している。

『春　その他の季節』　ル・クレジオ、佐藤領時訳、集英社
『春の嵐』　ヘルマン・ヘッセ、高橋健二訳、新潮文庫
『ストーン夫人のローマの春』　テネシー・ウィリアムズ、斎藤偕子訳、白水社

私がみる夢は、何故か子どもがみるような単純な願望充足夢が圧倒的に多い。具体的にはとても恥ずかしくていえないが、夢のなかで私は逢いたいひとに逢い、食べたいものを食べ、行きたい場所に行くというようにとにかくやりたい放題である。不安や恐怖を伴う夢は滅多にみない。だから安心して夢のなかに逃げ込める。自分に纏わる悪い噂を耳にしたり、仕事がうまくいかなかったりするたびに横になり目を瞑る。眠りを吸い込むうちに浮き立った気分で夢のなかに出掛ける。

昨夜みた夢は私にしては珍しく複雑だった。

私は高校一年。夏期合宿の山荘で深夜皆が寝静まったのを確かめて、他校の男子生徒の布団に潜り込む。お互い未経験なのでうまく交接できない。相手は挿入した途端に射精してしまう。

――学校の渡り廊下、臨月の腹部を抱えて私は校長室に向かっている。校長に他の生徒に悪影響を及ぼすので中絶するようにといわれる。ここでまた場所が変わる。マタニティドレスの上に男物の古いコートという格好の私は、渋谷駅のハチ公前に出る階段をのぼっている。私の前を男が歩いている。年をとった――、おそらく私が今までつきあった男のなかの誰かだ。男は歩を緩(ゆる)めず、振り返ってさえくれない。男は道玄坂の方に歩いて行くが、私はハチ公前の交番に入り、「この近くの産婦人科を教えてください」と訊(たず)ねる。

——私は担架に乗せられて産婦人科に運び込まれる。ここにも学校と同じような渡り廊下がある。そこから先は外部の者は入っていけない規則になっている。私は男が訪ねてきたら何処(どこ)で逢えばいいのだろうと思い悩むが、男を受付ロビイに待たせて私が渡り廊下を通ればよいのだと気づき、担架の上で目を閉じる。

夢のなかで眠ったところで、目を醒(さ)ました。

頭のなかはまだ夢の水に浸されたまま妊婦のように外股(そとまた)気味にそろそろと歩き、窓のある書店に行った。

そして数冊の本を買い、部屋に戻った。

夏目漱石(なつめそうせき)の「夢十夜」には井戸の奥の暗い水のように死が蟠(わだかま)っている。面白かったのは、第一夜と第五夜に登場する女の描き方に、私のイメージのなかの漱石らしからぬ率直な女性への憧憬(しょうけい)と不信、性の匂(にお)いが漂っていることであった。

吉行淳之介氏だったか（ちがうかもしれない）、夢日記をつけて小説を書こうとしばらく実行したが、ばかばかしくなってそのアイデアを放棄したという話を読んだことがある。そういえば笙野頼子(しょうのよりこ)氏はほんとうに夢日記をつけているのだろうか、だとすれば私とは違った意味で、眠ることは期待に満ちたものであろう。何しろ、創作の手がかりが無限大に広がっているのだから。自分の夢をモデルとして小説を書くのは、自分のプライバシーを侵害することになるのだろうか、と馬鹿なことを考えてしまった。無意識への侵犯。大江健三郎氏が自分には無意識は無いといっていたことが頭に浮かび、大江氏はどんな夢をみるのだろうなどと愚かしいことをつぎつぎに考え、くたびれた。

漱石の研究家は、この「夢十夜」は、漱石が実際にみた夢を基にして書いたものだとしているのだろうか。漱石が夢に悩まされ、奇妙な夢を小説にしてみようと思い至ったということを想像すると妙に生々しく、寝起きの漱石の息遣いが聞こえるようで何だかおかしい。

吉本ばななの『夢について』は、メルヘンぽい、いかにも〈フォーレディス〉といった装いの絵本である。

「ワンダフル！」

「生きていることは、ただ美しいです」

などという言葉が頻繁に出てくるが、私が感じたのは吉本ばななはニヒリストだということであった。この本で、私は吉本ばななが乳児期から幼児期にかけて視力が非常に悪く、訓練のために見える方の目を眼帯で塞ぐときは、失明と同じ状態だったということを知った。

彼女は見える方の目で『オバケのQ太郎』を貪り読んでいたというのだが、見えないもうひとつの目で見たであろう暗闇の深さにやはり慄然とするものがあり、その落差に吉本ばななのニヒリズムを感じてしまうのだ。

「ある男の夢」は、インドの「OSHOラジニーシ」の村へ行ったときの話である。そこは「桃源郷」であり、「国境や貧困や病気のない、幸福な夕方の夢がそこにありました」と書いている。しかしそこが「いかにすばらしいところであっても」住人になる意志はまったくないのだ。見える目でオバQ、見えない目で暗闇。行こうと思えばすぐそこに「桃源郷」があるというのに行こうとしない以上のニヒリズムがあるだろうか？　何れにしろこの『夢について』が、吉本ばななの願望充足夢だとすれば、まさに起きたままみる夢についての本であることは確かだ。

『ボルヘス怪奇譚集』のなかの「荘子の夢」。

荘子は蝶になった夢を見た。そして目がさめると、自分が蝶になった夢を見た人間なのか、人間になった夢を見た蝶なのか、わからなくなっていた。

これが究極の夢だろうか。一冊の本もまた、誰かに見られることを待っている夢——？

『文鳥・夢十夜』 夏目漱石、新潮文庫
『夢について』 吉本ばなな、幻冬舎
『ボルヘス怪奇譚集』 J・L・ボルヘス／A・B＝カサレス、柳瀬尚紀訳、晶文社

伝記の巻

クリーニング屋の店員に、預けた衣類を捜してもらっているときである。ひとりの老人が私の横を擦り抜けて、レジ前のテーブルに土塊色(つちくれいろ)の両手をナイフとフォークのように並べて置いた。

「ワシのネクタイ知らんかね」老人は引換券も何も出さずにいった。

どうやら顔見知りらしく、店員は私のようにはたじろがずに、「引換券持っていき忘れてないみたいだし、ここには、おじいちゃんのネクタイありませんよ」

「この間なぁ、電車の網棚に紙袋乗せておいたら、盗まれてしまってのぅ、そのなかにワシの靴とネクタイが入っていたんじゃ」

店員は至近距離から自分を眺めている老人を無視して、私に衣類の入っているビニール

袋を手渡した。老人は、「靴は一万五千円もしたんじゃがのう」と呟きながら私より一歩先に自動扉から出て行った。と、店の前に棄ててあったシケモクをおや指となか指で摘んだ。今どきシケモクを拾って喫うひとなんて珍しいな、と思って、車通りの多い道路を突っ切って行く老人を目で追いかけると、彼はそのシケモクをゴミ収集場の袋のなかに丁寧に棄てた。変な老人――、追跡してみたいという気持ちを振り切って、私は窓のある書店に向かった。

オーソン・ウェルズとビリー・ワイルダーの伝記を買った。私はハリウッドの映画監督や女優、男優の自伝や伝記を読むのが好きだ。ハリウッド・バビロンのなかで奔流する欲望と野心、喜劇か悲劇か判別のつかないスキャンダラスなロマンス、そして狂気、孤独、失意、落魄、小説より奇なる事実のオンパレードに圧倒されてしまう。

先刻の老人は駅前の噴水広場にいた。風邪気味だったので早く帰りたかったが、気になって仕様がないのでベンチに座り、買ったばかりの本を読むふりをしながら老人の様子を窺うことにした。老人は紙袋からフランスパンを取り出した。――食べるのか？　ほとんど歯が残っていないのに。老人はフランスパンを摑んで、内股気味の歩き方でよろよろと噴水のそばに近寄り、パンを千切って散蒔いた。老人の足下に、広場の公孫樹や駅ビルの上から鳩が舞い降り、フランスパンをつつきはじめた。歯のない口をくわっとあけた老人は、赤ん坊のような笑顔になった。

フランソワーズ・サガンは『私自身のための優しい回想』でオーソン・ウェルズについて、「世界中の人間の中で彼ほど天才という印象をあたえる人はたぶんいないだろう」と書き、彼の裡には何か規格はずれのものがあったと誉め讃えている。

『オーソン・ウェルズ　偽自伝』は、二十一歳にしてニューヨークの演劇界の風雲児となり、画期的な演出作品を立てつづけに送り出し、かの有名なラジオドラマ『宇宙戦争』、さらに映画史上最高傑作の一本である『市民ケーン』の監督、オーソン・ウェルズの目も眩むような伝記である。

天才とは、揺るぎのない自分の世界を現実と対峙させることが可能なひとを指す。四十歳を過ぎた彼の命運を尽きさせたのは、ひとえに金であった。出資してくれるプロデューサーがいなくなったのだ。それにしても、二十一歳でオール黒人キャストの『マクベス』を上演した折の演出に関する記述は刺激的だった。

先日衛星放送でたまたまワイルダーの『シャーロック・ホームズの冒険』を観たが、B級映画だろうという予想に反して最後まで釘づけにさせられた。

『ビリー・ワイルダー・イン・ハリウッド』はオーソン・ウェルズと正反対といってもいい、職人的な名人芸でエンターテインメントの秀作を数多く監督したビリー・ワイルダーの評伝である。

ワイルダーはマリリン・モンロー主演で、『七年目の浮気』と『お熱いのがお好き』を撮っているが、撮影中にモンローに散々な目に遭わされる。クランクアップした後、モンローのことを揶揄したワイルダーのインタヴュー記事を読んだアーサー・ミラーからの、「君のジョークは事実が隠蔽できるほど秀逸とはいいかねる。君は不正で残酷だ」という怒りの電文に対する返事が笑わせる。

> 君が彼女の夫でなく、脚本家兼監督で私と同じ恥辱を味わったら、神経衰弱にならないように彼女を魔法瓶にでも缶にでも投げ込みたくなるだろう。だが、私はもっと勇気ある解決法をとった。自分が神経衰弱になる道を選んだのだ。尊敬をこめて。

モンローは、アーサー・ミラーというアメリカ演劇界最高の劇作家を撮影現場では付人のように扱っていたという。劇作家や巨匠も、この世紀の大スターの前ではあわれな奉仕者にすぎなかったんだなと思うと溜め息が出る。

『シャーロック・ホームズの冒険』は配給会社の要求により、不本意にもかなりのシーンをカットしたものであり、興行的にも惨敗したというのだが、それでもなおこの映画に私が魅かれた謎は本の最後で明らかにされる。ビリー・ワイルダーの作品の多くに娼婦が出てくるが、著者は、それは何故なのかという探索の末に、ワイルダーが大学に入学した年に恋をした女性が、通りで娼婦まがいのことをしている姿を目撃して大学を中退してしまったという苦い経験を明らかにするのである。そしてその女性の名前はイルゼで、『シャーロック・ホームズの冒険』のヒロインと同じ名前であり、イルゼはホームズを裏切りながらも最後には「愛している」と告白する。

シニカルなユーモア、そして名人芸のような作風の奥底に、常に十八歳のときに受けた疵が口を開いていたのである。

『オーソン・ウェルズ　偽自伝』バーバラ・リーミング、宮本高明訳、文藝春秋

『ビリー・ワイルダー・イン・ハリウッド』モーリス・ゾロトウ、河原畑寧訳、日本テレビ放送網

ミステリーの巻

稽古場に行くために、地下鉄に乗り、四人がけの一番隅に座った。開閉扉の前に大きな旅行トランクがぽつんと置いてあった。日曜の正午、この車輌には私を含めて五人しかいない。向かいに座っているよく喋るふたり連れの女、左側の長椅子の真ん中で通路に脚を

投げ出している中学生ぐらいの女の子、その向こうには額が禿げあがった背広姿の男がいるが、こんな離れたところに自分の荷物は置かないだろう、などと思っているうちに電車は闇を通り抜けて蛍光灯で照らし出された霞ケ関の駅に辷り込んだ。扉が開く。四人とも降りてしまった。入れ替わりに十人ほど乗り込んでくる。私はゆっくりとそのトランクに目をやった。サリン、爆弾、青酸ガス――、まさか、誰かの忘れ物に決まってると自分にいいきかせたのだが、ブラウン管に繰り返し映し出された、鼻と口から血を流して仰向けに倒れているサラリーマンの姿が脳裏にちらつき――、席を立った。隣の車輛に移った。だが不安はびくともしない。早足で最後部車輛まで歩いた。

稽古の帰り、ポスターを貼ってもらうために飲み屋に寄り、タクシーに乗ったころには深夜一時をまわっていた。

「お客さん、お客さん。自由が丘ですけど」

という運転手の声で私はびくっと目を醒ました。

「奥沢はどう行けばいいの？」

「駅前でいいです」

運転手は返事をせずにつぎの角を左折して踏切を渡った。コンビニエンスストアの前を通り過ぎると、窓のある書店が見えた。灯りがついている。

「ここでいいです。本屋の前で」と思わずいってしまった。書き忘れていたが、窓のある書店は昼過ぎに開いて、午前三時までやっているのだ。なかに入ると、誰もいない。客も、老眼鏡をかけていつも私に覗くような視線を寄越す店の主人も——。電気は煌々と本たちを照らし出している。そういえば最近猫を見かけない。

何気なく目の前にあるファッション雑誌を持ち上げると、埃とともに玉になった猫の毛が舞い上がった。瞬間、眸をかっと見開いた猫の死骸が頭のなかに浮かび、私は不吉な気分で息苦しくなり、書店をあとにした。

部屋に帰って風呂に湯をためている間、本棚を眺めた。ポー全集に目が止まった。

小学生のころ、ミステリーの始祖であるエドガー・アラン・ポーの『黒猫』、『アッシャー家の崩壊』、『黄金虫』が小泉八雲の怪談と並ぶ愛読書で、繰り返し読んだ。

岸田秀氏が「探偵小説の発生と精神分析の発生は、だいたい同じですよ。歴史的背景も同じじゃないですか。結局、精神分析は犯人捜しですよ」といっている。因みにポーは一八〇九年、コナン・ドイルは一八五九年、フロイトは一八五六年生まれである。岸田氏の指摘で、精神分析が日常生活のレベルにまで浸透しているアメリカで、サイコパスが登場するミステリーが数多く書かれている理由がすんなりと納得できた。

ポーの小説は誰が読んでも恐ろしいが、子どものころの私の心理的な何かがポーの小説に感応していたのだ。四歳のころのことだ、父が生まれたばかりの仔猫を庭の壁に叩きつけて殺したことがある。泣きながら怯えている弟たちの傍らで、私は平然と頸が折れた猫の屍体を視凝めていた。今考えると、子どもの私にとって『黒猫』も『アッシャー家の崩壊』も、家もろとも精神が崩壊してゆくプロセスが怖かったのだ。

文芸評論家の水田宗子さんが、私の小説「フルハウス」について、「ポーの名作『アッシャー家の崩壊』を連想させます。その現代版というか、都市中産階級的家族の崩壊のその後、の物語でしょう」と評し、まったく意識していなかったので驚いてしまった。もしかしたら怪奇な我が家はいつ崩壊してもおかしくないと、既に子どものころに感じ取っていたのかもしれない。「フルハウス」の舞台になる家の本棚にポー全集を小道具として置いたのも、そんな気持ちの反映だったのだろうか。

私はミステリーの熱心な読者ではなく、これまで面白く読んだのはスチュアート・ウッズの『警察署長』、トマス・ハリスの『羊たちの沈黙』、それにパトリシア・ハイスミスの何作品かである。

最近読んだ『シンプル・プラン』はミステリーというより、優れたアメリカ小説として面白かった。ごく平凡な男が、墜落した小型飛行機のなかで大金を見つけ、兄とその友だちに山分けしようと唆されて自分の家に隠匿し、そのためにつぎつぎに殺人を重ねていく。ありふれたプロットだが、男が連続殺人を犯すサイコパスに変貌するのではなく、普通の男のままで、最後にアメリカの悲劇に辿(たど)り着くというところが他のミステリーとは一線を画している。生き生きと描かれている登場人物のなかでも、特に成功しているのは、最初は「あなたは立派な仕事を持っているのよ。こんなもの必要じゃないわ」と大金を盗むことを拒絶するのだが、次第に自ら策略をめぐらして共犯者となってゆく男の妻である。犯人と間違えられた別の男が射殺された直後、安心した妻が酒屋で百ドル札を使ってしまうことで、男はレジ係と客の老女まで殺害するのだ。男は四時間かけて三百五十万ドルを燃やすしかなくなってしまう。

そして五年後、自分たちの罪を何とか考えずにいられるようになったが、「生きているといっても、ただ存在しているだけで、（中略）いつもあのことを思い出すまいとして暮らしているのだ」いうエピローグで終わる。

この小説もまた家族の崩壊の物語だが、崩壊の原因は明白で、シンプルである。

『黒猫』「ポオ小説全集4」河野一郎訳、創元推理文庫
『アッシャー家の崩壊』「ポオ小説全集1」河野一郎訳、創元推理文庫
『黄金虫』「ポオ小説全集4」丸谷才一訳、創元推理文庫
『シンプル・プラン』スコット・スミス、近藤純夫訳、扶桑社ミステリー文庫

きょうだいの巻

扉を開けると、ベッドに半裸の妹が横たわっていた。

「びっくりさせないでよ、誰かと思うじゃん」といったのは妹だ。

妹は鎌倉に母と一緒に棲んでいるのだが、映画やテレビの撮影で遅くなるとき、泊まる場所に困ると思って鍵を渡してあったのだ。彼女は十五歳で高校を中退して女優業をはじめ、今年で十年になるがなかなか芽が出ない。仕事が何もないときは私への対抗心からか一本の電話もかけてこない。私が何かに失敗したことを話すと、心なしか相槌を打つ声が弾んでいるように聞こえるときがある。心の何処かでは私の失敗を希んでいるのかもしれない。

私も服を脱ぎ、妹の隣に横になった。

「あのさ、パパからの銀行振込なくなったでしょ」妹が左脚を私の脹脛の上に投げ出した。

「あんたも?」

父と母が別居したのは十七年前、私と下の弟は母と、上の弟と妹は父と暮らすことになった。そのときから父は毎月三万ずつ私と下の弟の通帳に十七年間一度も欠かさず入金しつづけたのだ。妹への入金は、彼女が劇団に入り家に帰らなくなってからはじまった。それが二カ月前突然途切れたのだ。

「あたしが裸で映画出たこと、誰かに聞いたのかな」

妹はなかなか帰る気配を見せずに居座ったが、私の痺れを切らしそうな気配を察してか、三日後に荷物をまとめはじめた。

買い物がてら妹を駅まで見送った後、窓のある書店に向かった。

書店にはクーラーがついていなかった。主人が町内会のうちわで頸のあたりを扇ぎながらレジの前に座っていた。

去年の年末に大掃除の弾みで古本屋に売ってしまった本のタイトルが目に入り、買った。テネシー・ウィリアムズの『ガラスの動物園』は、チェーホフの『桜の園』とともに今世紀最高の戯曲だといって異論はあるまい。ほとんど読まれない戯曲としては珍しく大抵の本屋に置かれている。

『ガラスの動物園』に登場するきょうだいは、弟のトムと姉のローラである。トムは倉庫で働いている詩人で、ローラは痛々しいほど内向的で現実との接点を見失い、家に閉じ籠もってガラスの動物を眺めて暮らしている。トムは母親とローラを棄てて家出するのだが、何年も経ってショーウィンドー一面に並んでいるガラスの瓶を見て叫ぶ。

ああ、ローラ、ローラ、ぼくは姉さんをきっぱり捨てようとした、そのつもりだったのにどうしても姉さんのことが胸を離れないんだ！

トムにとってローラは詩の結晶であり、追憶のなかで光り輝く存在である。ふたりを結びつけているものは現実では決して果たされることのない夢への憧憬（しょうけい）であり、それが哀（かな）しみを至上の美しさにまで高めている。

『ガラスの動物園』は弟の目を通して姉が描かれているが、その逆が幸田文（こうだあや）の『おとうと』である。

姉のげんにとって弟の碧郎（へきろう）は「かわいそうな弟」であり、不良でひねくれで姉思いの子である。姉弟と父親と継母の仲はしっくりといっておらず、碧郎が不良グループに深入りするようになってますますぎくしゃくしてゆく。しかし碧郎が結核で入院してからげんはつききりで看病し、何の夾雑物（きょうざつ）もないただ生の愛情で結びついたとき、碧郎は死ぬ。

上質の紬（つむぎ）を思わせる端整な文章は「流れる」と同様にすばらしく、風景描写と碧郎と継母の心理描写は卓抜である。

現代韓国文学を代表する作家である李清俊（イチョンジュン）の『風の丘を越えて』は五つの短篇からなる連作小説である。昨年第一篇「西便制（ソピョンジェ）」と第二篇「唄（うた）の光」を合せて映画化されて、韓国映画史上空前の大ヒットとなり、日本でも公開されて評判をとった。このふたつの短篇の主人公は異父兄妹である。

父親はパンソリの唄い手で、息子には太鼓、娘には唄を教えて、三人で旅芸人として村々を放浪する。兄は父親を憎悪して出奔（しゅっぽん）する。父親は逃げられるのを怖れてか、娘の目に塩酸を流し込んで盲目にしてしまう。

歳月が経って兄は妹を捜し、第二篇の「唄の光」で再会してひと晩中パンソリを演じるのだが、翌朝名乗らないまま立ち去る。

この小説の主題は〈恨（ハン）〉である。韓国人にとって恨は決してうらみではない。作者は「生きることが〝恨〟を積むことであり、〝恨〟を積むことが生きることだ」、「〝恨〟は、人生を生きていく力となり、糧となる」という（もし恨の概念に関心がある人がいれば崔吉城（チユキルソン）の『恨の人類学』をお薦めしたい）。

妹は「兄と二度と顔を合せることはできない」と思う。ふたりがそれぞれの〝恨〟をいとおしむからだ、と。

読み終わっても、本のなかの時間の流れから離れられずぼんやりしていると、電話が鳴った。妹だった。

「パパに呼び出されて逢（あ）ったんだけどねえ……お姉ちゃんの書いたもの、全部読んでるみたい」

父は日本語の読み書きはできないが、弟や会社（パチンコ屋）の部下に音読させているらしい。

「何かまずいこと書いたかな」

「ほら、不倫したとか、万引きしたとか……全部まずいよ」

電話を切った後、もう一度本のなかのきょうだいに思いを馳（は）せようとしたが、耳に残っている妹のざらざらした声に邪魔された。

『ガラスの動物園』　テネシー・ウィリアムズ、小田島雄志訳、新潮文庫
『おとうと』　幸田文、新潮文庫
『風の丘を越えて――西便制（ソピョンジェ）』　李清俊、根本理恵訳、ハヤカワ文庫

時代の巻

十日間の旅を終えて家の近くの駅に降りると、果物屋がなくなっていた。その駅前の一角は地上げにでも遭っているのか一年ほど前から不動産屋、ラーメン屋、和菓子屋がつぎつぎに店を畳んでいった。そして果物屋だけが残っていたのだ。

白髪頭を五分刈にした果物屋の親父はいつも店の前のガードレールに腰かけていた。客がこないのだ。七年前、越してきたばかりのときに苺を買ってからというもの、ただの一度もこの店で買ったことはない。緑色の黴が生えていたからだ。近所のひとも、ほとんどの品物が腐っていることを知っていたに違いない。しかし客がまったくこないにも拘らず、深夜一時過ぎまで開いていた。この駅止りの終電を当てにしていたのだ。なかなかつかまらないタクシーを待ちながら立ち尽くしているサラリーマンが、ふと裸電球に照らされた果物に目を落とす、「甘いですよ」果物屋の親父は揉手をしながら唇だけの微笑みを拵える、サラリーマンは帰りが遅いことに苛立っているであろう妻の機嫌をとるために買ってしまう――、そう彼は考えていたのだろう。

ちょっとした旅の間に果物屋がなくなったことが信じられなくて、私は旅行バッグのなかの荷物を片づけるのもそこそこにもう一度外に出た。やはり更地になっている。呆然として踏切を渡って窓のある書店に向かった。

手にした本はどれも時代物の文庫だった。

一時期司馬遼太郎の小説にはまってほとんど読んだが、『花神』は主人公の大村益次郎（村田蔵六）について何も知識がなかったせいもあって敬遠していた。大村益次郎を略歴風に記せば、「村医者の息子として生まれ若くして医学の道へ進み、蘭学を学び、西洋の近代兵学を知悉することによって、幕末唯一の天才的軍事能力を有した。幕長戦争で総司令官として幕府軍を翻弄し、幕府の瓦解を早めた。新政府では、彰義隊を四散させ、北越、戊辰戦争を勝利に導き、日本の近代兵制の基礎をつくった」ということになろう。こう書くと、竜馬、高杉、西郷と並ぶ幕末の英傑になってしまうが、新政府樹立後に「大村と西郷は龍虎の勢あり」と評されたにしては、彼の知名度の低さは如何ともし難い。百姓の出自もあろうが、人間の集団を感情の集合体、栄達を求めんがため嫉妬と軽蔑が渦巻く組織で処世するものだと認識する感性が極端に欠けていた。何よりも維新の人間群像をロマンでなく機関説でしか評価しなかった。日本型組織のトップとしては致命的な欠陥だったろう。自分自身をも新政府の軍事的エンジンとしてしか認識していなかった。この希有な人物が暗殺に倒れなかったら、明治の軍組織に合理主義者を育成し、昭和の軍部へその血脈を残し得ただろうか。そんなことはあるまい。大村の人気、人望のなさは日本人の精神構造によるものであり、彼は明治維新という未曾有の危機に登用され、使い棄てられた異人であった。小説としては大村の人間的感情を唯一揺さぶるフォン・シーボルト・イネの交情が、美しく輝いている。大村はイネにいう。

「自分の一生はどうも寒い」

　山本周五郎作品は、黒澤明の『赤ひげ』、『椿三十郎』、『どですかでん』など映画化、舞台化が数多いが、『深川安楽亭』はいかにもドラマ化されそうなお膳立てが揃った小説である。凶悪な犯罪者たちが、ときには抜け荷で身過ぎをするにしろ、これ以上世間に害を与えまいと自らを隔離するようにして安楽亭で暮らしている。上方で大金を手にして帰ってくるが待ちくたびれた女房子どもに身投げされた男、夫婦の約束をした娘を父親の借金のかたに身売りされた男、などが絡んで人間模様を繰り広げるという周五郎の独壇場である。周五郎は聖書を読み、キリスト教に深い関心を持っていたのだろうか。この小説は、罪人でも、人間の屑でも、「おっかさん」や「女房、子ども」という〈神〉に救いを求めれば必ず許されるという、祈りのようなものが全篇を貫いている。他の小説でも、人間をぎりぎりのところまで追い詰め、その罪を自覚させることなく、いきなり救いと許しへ向かわせるところにひやりとするような冷たさを感じるが、それが周五郎文学のリアリズムであろう。

藤沢周平は現在活躍するなかでもっとも読者の多い時代小説作家だが、私は今回はじめて『本所しぐれ町物語』を読んだ。作者の名前が伏せてあれば、周五郎だと思っただろう。それほど読後感が似ている。だからといって藤沢周平の不名誉にはなるまい。池波正太郎の小説を読み尽くした読者の前に、池波ワールドを継承しさらに高める作家が出現すればこんな嬉しいことはないのと同じである。

藤沢周平の小説の登場人物は、追い詰められる前に人間と人生はこんなものだという諦観を持っているようだ。なんとか暮らしていくしかないという呟き、そこには周五郎にある求道者のような気負いはなく、暮色の濃い街で立ち竦み、「よのなかのやみ」に堪える人間の強さ、したたかさがある。

〈サービス品〉の札が立てられた干し柿になる寸前の柿、表面に皺が寄った林檎を目にするのは不快だったが、心のどこかで、真っ黒になったバナナの房を近所の京樽やケーキ屋の店員に、「食べてね」とおかまのようなしなをつくって渡していた果物屋の親父を愛していたのかもしれない。恐れを知らない彼は交番にも腐った果物を手に出入りしていた——。

『花神』　司馬遼太郎、新潮文庫
『深川安楽亭』　山本周五郎、新潮文庫
『本所しぐれ町物語』　藤沢周平、新潮文庫

Ⅲ

地下鉄の図書館

某月某日

友人の結婚式のスピーチをした。

披露宴が終わって、高校時代の同級生に「呑もうよ」と誘われて仕方なく（私には拒否する能力がない）呑んだ。

適齢期の彼女たちは、甘ったるいカクテルを舐めながら、「あぁあ、結婚したいなぁ」と（少なくとも）二十回は呟いた。すっかり酔った文子は顔にかかる髪の毛をマニキュアの指で掻き上げて、

「年収八百万以上で家を持ってて……あたしマンションには棲みたくないの、お庭に薔薇の苗を植えてね、美里、誰か紹介してよ」

「いない」私はくわえていた煙草を揉み消した。

隣で片肱をついて話を聞いていた理恵が突然、

「今日の美里のスピーチ、あれは駄目だよ。死とか家出とか不幸とかなんて言葉使って」

「あたし、トイレに行ってて聞いてなかったけど、美里、そんなことしゃべったの？」文子はわざとらしく眸(ひとみ)を丸くして見せた。

「うーん、でもね」と私はいい、咽喉(のど)に引っかかっている言葉をウイスキーで溶かした。中学二年のとき、新婦の奈穂美と私は一緒に家出をした。錦ヶ浦に並んで立ち、互いの小指を引き合い、深夜の黒い海を見下ろしたことがあるのだ。

「美里の話でシーンとなっちゃったじゃん」

「そんなまずいことといったかな？　家出をして、奈穂美に帰ろうって説得されて帰りました。奈穂美さんは優しいひとで、その上、わたしと違って現実を見極める目も持っていますってところ？」

　理恵と文子はしばらく黙り、「あぁあ結婚したいなぁ」と空(うつ)ろに呟いた。

帰路、地下鉄に乗り込んだのだが、これ以上彼女たちのおしゃべりにつき合うのは厭(いや)なので、「ちょっと用が、」といって四谷三丁目の駅で降りた。ＢＡＲ〈英〉のママに逢(あ)って帰ろうと思って改札を出た瞬間、日曜日だと気づいた。

　風が冷たい。履き馴れないハイヒールに押し込めた爪先(つまさき)がびりびりする。立ち停まって片方の靴を脱ぎ、フラミンゴのような格好であたりを見まわした。改札口の横に本棚がある。

〈ブックコーナー。ご自由にお持ち帰りください〉

煙の輪のような言葉が本棚のまわりに立ち籠(こ)めている。私は近づいて本の背文字を眺めた。誰かの本棚をこっそり盗み見ているようでどぎまぎした。この本棚を埋めたのはおそらくひとりの男だろう、という気がした。私は〈英〉に顔を出す数人の編集者の顔を思い浮かべた。編集者はこんなに本を大切にしないか。ほとんどが茶色く変色した古本、単行本には皆ハトロン紙でカバーがしてある。私は万引きをするときのように素早く本棚から数冊の本を抜き取り引出物が入っている紙袋にしまった。そして何気ない表情を拵(こしら)えて切符を買い、地下鉄に乗った。車中、大江健三郎の初期の作品集『見るまえに跳べ』のなかの「鳩」という短篇を読んだ。

「鳩」は観念的であるにしても、エロティックな少年の世界を描いていて瑞々(みずみず)しい。「奇妙なあそび」は圧殺されそうな自分の内面と小動物を同一化して殺戮(さつりく)してしまうという、少年たちにとっては決して奇妙ではない〈あそび〉を描いている。

少年院の看守を父に持った友人から聞いたことがあるが、少年たちは必ず脱走を試みるそうだ。日夜、脱走することだけを考えているという。しかしこの少年は〈自由〉になれたのに、ふたたび壁をよじ登って院内に戻ろうとする。

某月某日

地下鉄の本棚から持ち帰ったコレットの『青い麦』とツルゲーネフの『けむり』を読む。

『青い麦』は十五歳の少女と十六歳の少年の恋物語である。発表されたのは一九二三年、作者が五十歳のときだ。少女を〈可憐な偶像〉としてしか見ることができない少年と、性に「わたしを好きにして頂戴」と女らしい気持ちを打ち明けることができない少女の、性に引き裂かれた純愛を描いている。結末で少女に「接吻して、お願い、お願いよ……」といわれ、「おおー　堕落してしまおう、早く、一時も早く……」と歓喜に震えながらも、少年はその後すぐに「何事も起こらなかったのだ」と自分の快楽を否定するのだった。「あれは早すぎた夢だった……」と。ふたりはしばらく眠る。目醒めたとき少年は少女の歌声を聴き、「苦痛の僅かばかりと喜びの僅かばかり……」。僕が彼女に与えたのはこれだけでしかなかった」と思うのだった。この物語は海辺で繰り広げられ、ふたりは漁をする。私は三島由紀夫の『潮騒』を思い出した。『潮騒』が書かれたのは、『青い麦』が発表されてから三十年後ぐらいか？　三島由紀夫の物語のなかの少年と少女の性は燦然たる太陽の光を浴びている……。

ツルゲーネフ『けむり』。リトギーノフは虚栄と富のために自分に背いて去ったイリーナに再会して、許嫁のタチャーナを棄ててしまう。しかしイリーナは社交界の女王としての位置を放棄することができない。リトギーノフは絶望して田舎に引き籠もるが、数年後タチャーナと結ばれ永遠の愛を得る。

ロマンチシズム（純愛主義）にあふれた恋愛小説だと読むひとが多いだろうが、私は実はツルゲーネフは、人間はイリーナ（愛欲）から離れることができないのだといおうとしているのではないかと思った。どちらにしろ愛はけむりで、誰にも正体が摑めないということだ。

『バイロン詩集』とエミリー・ブロンテ『嵐が丘』と小島信夫『抱擁家族』はまだ読んでいない。この三冊を読み終えたら、四谷三丁目の地下鉄の駅に本を返しに行こうと思っている。どんな本が増えているか（あるいは減っているか）楽しみだ。

『見るまえに跳べ』大江健三郎、新潮文庫
『青い麦』コレット、堀口大學訳、新潮文庫
『けむり』ツルゲーネフ、神西清訳、角川文庫

天井の〈染み〉と短篇集

この間、久しぶりに入院した。

消灯すると、部屋のなかは雨の音だらけになった。眠れないし動けないので天井を睨(にら)みつけていた。白い天井からじわっと水のようなものが滲(し)み出てきているような気がした。その〈滲み〉はまわりに広がるだけで決して滴(したた)り落ちてはこない。手探りで枕許(まくらもと)にあるスタンドのスイッチを押し、枕の下に隠しておいた煙草(たばこ)を取り出して火をつけ、椅子(いす)の上に置いてある本に手を伸ばした。

生まれつきの難病で十二歳までに十三回手術をしたという友人のMと、入院する前に病院に持っていく本の話をした。

痛かったり熱があったりするときは長篇小説は駄目、短いのがいい。

私が選んだ短篇集はホラーのアンソロジー『カッティング・エッジ』、デイヴィッド・レーヴィットの『行ったことのないところ』、吉田知子の『お供え』の三冊だった。

『カッティング・エッジ』はひとが刃物を握り、それをひとに向ける瞬間、そしてその刃物の先から滴り落ち広がる血痕（けっこん）のような闇（やみ）を描いたホラー小説のアンソロジーである。

そのなかの一篇「ブルー・ローズ」。兄は弟に「何も感じない」と催眠術をかけ、屋根裏部屋で弟の腕や腹にピンを深くつきたてる。タイトルの「ブルー・ローズ」は暗示をかけるときに使う言葉だ。兄は弟に、口から泡を吹いて硝子（ガラス）の散らばった床の上で手足をばたばたさせ、自分の舌を呑（の）み込むように暗示をかけて自分のベッドに潜り込む。

序文のなかで「苦痛に彩られた季節もある。岩にこぼれた血のために、私はこのアンソロジーを編んだ。血を流したのは私だ」とデニス・エチスンは述べている。

私は下腹部の痛みに堪えられず、ナースブザーを押して看護婦を呼んで痛み止めの薬をもらった。

デイヴィッド・レーヴィットは、疎外され取り残されたひとを、そこの場所に立って描く。安全な場所から観察して書いたのではない。自分の血を万年筆で吸い取って書いた、そんな印象を受ける。血を流す、私はそのイメージに取り憑（つ）かれているのだろうか？

デイヴィッド・レーヴィットの短篇集、『行ったことのないところ』のなかで、エイズに怯（おび）えるゲイが「いいなと思う人を見つけるたびに、冷汗が出る。死んでる図が浮かぶ。ぼくが触れたらそこから腐る。セックスができないのが淋（さび）しいのではなくて、一度だって本気で恋したことがないのが淋しい」という。

ゲイである著者にとって、エイズは単なる社会問題ではなく自身の切実な問題なのだ。

健康な人々の住む陸地が、海岸線が、しだいしだいに遠のいて、泳ぎ切れない深みへと流されてゆく自分の姿を思わずにはいられなかった。

この、現実、生と引き離されてゆく感覚は吉田知子の短篇集『お供え』にもある。私はなかでも「海梯」が好きだ。「オサムのまぶたを愛している」「オサムの鼻を愛している」ではじまる橋のポールに書かれた落書きを目で辿りながら、〈私〉はイトコの良と橋を歩く。「オサム目を開け」「オサム今すぐ帰れ」「オサム星になるな」——、オサムという男は死んで、若い女が泣きながらこの落書きを書いたのだなと〈私〉は想像する。良は「先に行っててくれよ」ときた道を引き返し、消える。〈私〉は年老いた叔母から良が友人のオサムと六年前に海で死んだ、ということを告げられる。〈私〉が仏壇のなかの良の位牌を見つけたとき、玄関の扉が開いて良が帰ってくる——。

私は本を閉じ、天井に目を戻した。そして〈染み〉がまるで落とし穴のように濃く、深くなっていることに気づいた。私は腕につきたてられる麻酔の注射針を想像しながら目を閉じ、鋭い牙や爪を持たない小動物のようにその〈染み〉のなかに隠れ、丸くなって眠った。

早朝、私は堕胎した。ひからびた球根のような胎児が今もどこかで浮遊しているような気がしてならない。

『カッティング・エッジ』ピーター・ストラウブ他、宮脇孝雄訳、新潮文庫
『行ったことのないところ』デイヴィッド・レーヴィット、幸田敦子訳、河出書房新社
『お供え』吉田知子、福武書店

七十九頁行き

中学二年の冬休み、私は自分の部屋でヘッセの『デミアン』を読んでいた。十一時を過ぎていたと思う、玄関のチャイムにつづいて女の金切り声が聞こえた。母と同棲（どうせい）している男の妻がふたりの子どもの手を引いてやってきたのだ。

男の本宅は私の部屋の窓から見える距離にあった。部屋の扉を開けると、男が泣き叫ぶ妻を抱えて外に出て行こうとしているのが見えた。小学校三年の弟はリビングルームのテーブルの下で膝（ひざ）を抱え、母は寝室の鏡台の前で髪を梳（と）かしていた。何の音もしなかった。私は定期入れと財布を握って足音をたてずに外に出た。外も静まり返っていた。北鎌倉の駅から九十九里浜行に乗った。電車は空いていて、私は窓の外の黒い景色を眺めながら『デミアン』を持ってこなかったことを後悔した。七十八頁まで読み、その右端を折っていたのに——。終点の九十九里浜に着くまで、読んでいない七十九頁目を頭のなかで思い描いていた。

その日から私の家出生活がはじまった。煙草（たばこ）をひと箱買うと財布は空になった。リゾートマンションの屋上や海辺や線路沿いを何日も彷徨(さまよ)った。その間も私は心のなかで『デミアン』の頁を捲(めく)っていった。

駅の構内で倒れた私が保護されたのは、家出してから一週間後だった。

入院して点滴を打ち、数日後に家に帰り、『デミアン』の七十九頁目を読んだ。それは私の想像していた物語とはまったく異なっていた。頁を捲りながら、私は二週間前の自分がもう何処(どこ)にもいないことを知った。

『デミアン』ヘルマン・ヘッセ、高橋健二訳、新潮文庫

奇妙な時間

最近、私はソファーの上に横になり、何時間もただ天井を眺めていることが多い。時間の軸がぐらぐらしてソファーは舵（かじ）と櫓（ろ）のない船になる。一定方向（死に向かって）に直線的に進んでいるという感覚ではなく、時計のように同じ円周をぐるぐる回っているという感覚でもない。

『シンプルな情熱』は、「ある男性を待つこと――彼が電話をかけてくるのを、そして家へ訪ねてくるのを待つこと以外、何ひとつしなくなった」私――フランスの著名な女性作家、アニー・エルノーの自伝的作品である。

待つという時間は奇妙な時間だ。相手を待っている時間は自分の時間ではなく、ごっそり相手の時間になってしまう。私は特定の誰かを待つという時間が苦手なのでなるべく恋をしないようにしている。

そういえば何の本で読んだか忘れたが、アフリカ人が何時間もただぼんやり座っているのを見て、時間を浪費している、とアメリカ人がいったそうだ。すると、そばにいたアフリカ人はこう答えた、——時間を浪費などしていない。時間を待っているか、あるいは時間を「作り」つつあるのだ——と。

『蛙と算術』の著者、河野多恵子氏のモノを捉える尋常ではない視線に出逢い、私は驚いた。著者が目のレンズで捉えた事物のイメージは深淵——生き死にの不可思議さ——にまで螺旋状に下降していき、そこで像を結ぶ。

古書即売案内のカタログを見て注文の電話をかけ、売約済だといわれ、顔の見えないその本の先約者を想像する「見えない顔」。著者は芝居を観終わった後、つぎに自分の席に座るひとの見えない顔を、引っ越し先の先住者や引っ越した後の後住者の見えない顔を追い、イメージを増幅させる。

すべて興味が尽きないが、死体に関する不思議な法律に触れた「死体の所有者」、自宅マンション前で管理人がセントバーナードの死体を手押し車に乗せているのを目撃したことからはじまる「尋ね犬」などが私は好きだ。

冒頭の時間の話に戻るが、河野多恵子氏は「時間の表現」のなかで「小さな例だが、私は時たま、ふっと無意識の状態になることがある。我に返ると、知らないうちに一時間ほども経っている。時計の針を見ちがえたのかと見直してみても、やはり時間が失せてしまっている」といっている。

寺山修司が亡くなって十年になる。最近、新刊として数多の旧著が出版されている。彼は死ぬまで書物を偏愛し、珍しい切手や蝶々を集めるように言葉を蒐集したひとであった。『幻想図書館』のなかで彼は「世界はすべて、ひらかれた本である。問題はどのように『読みとる』べきか、だ」といっている。

私は彼の書物の頁で透かして世界を見るのが好きだ。

——寺山修司は今でも、たった独りで時間を刻みつづけている。

『シンプルな情熱』アニー・エルノー、堀茂樹訳、早川書房
『蛙と算術』河野多惠子、新潮社
『幻想図書館』寺山修司、河出文庫

真昼の静止したとき

ファクシミリが怖い。封をしてある手紙は読む気持ちになるまで机の上に置いておけばいいし、電話は留守番機能のボタンを押して音を消しておけばいい。だがファクシミリは突然動き出す。ジーッジーッという音が聞こえると、私はなるべく流れてくる紙を見ないようにするのだが、カタッと躓(つまず)いたような音がして記録紙は切断され床に舞い落ちる。

小林信彦氏の『怪物がめざめる夜』を読んだ。

シナリオライターたちによって仕立てあげられた〈ミスターJ〉が若者たちに熱狂的に支持されカリスマ化してゆく。やがて〈ミスターJ〉は育ての親に反逆を企て、まさに怪物としてひとり歩きをはじめる。彼に煽動(せんどう)されたリスナーによってシナリオライターたちは襲撃され〈ミスターJ〉も刺殺される。物語はスイッチを切ったファクシミリから〈ミスターJ〉の通信――〈Q〉の文字が大きく書かれた記録紙が流れてくるところで終わる。

ほんとうの怪物はもちろん高度情報化時代の大衆であり、大衆の妄想とチャネリングしているメディアそのものなのだろう。この時代、メディアは夜も眠らない。

一方、テレビ朝日前報道局長問題など権力のジャーナリズムへの介入がクローズアップされている今日、川本三郎氏の『マイ・バック・ページ』を読むと、問題は一九七二年に芽生えていたのだということがわかる。

川本氏は一九七二年に起きた、武器強奪を目的に自衛官を刺殺するという朝霞事件で証拠湮滅罪で逮捕され、懲役十月、執行猶予二年の判決を受けた。氏は「思い出したくない」この事件の被害者でもあり加害者でもあったわけだが、そのどちらにもくみせず、ジャーナリストのように「正確に言葉にし、あるいはそれらに言葉を与え」た。

川本氏が事件の犯人Kを信用し、深くコミットしていったのはKが氏に出した三つのキーワード——宮沢賢治を好きだ、『真夜中のカウボーイ』のダスティン・ホフマンの「アイム・スケアド」という台詞に共感した、クリーデンス・クリヤーウォーター・リヴァイヴァルの「雨を見たかい」を弾き語りした——があったからだった。その後の氏のどの著作にもこの三つのキーワードが通底しているのは興味深い。

川本氏は、もしこの事件が起こらなかったとしても企業内のジャーナリストでありつづけることはできなかったと思う。

川本、小林両氏は映画評論家としても優れた著作を出しているが、ハリウッドの映画人の自伝や評伝が数多く出版されている。

『フレッド・ジンネマン自伝』にはハリウッド的なスキャンダラスなエピソードはなく、いかに彼が真摯（しんし）に映画を撮ってきたかが生き生きと記録されている。オーストリア生まれのジンネマン監督は一九二七年、ヒットラーが台頭する時代にパリの映画技術学校で学び、その後ハリウッドに渡る。この本を読んでジンネマン監督には『地上より永遠に』『ジュリア』など戦争の悲劇を描いた作品が圧倒的に多いということに気づかされた。だが「常に反体制の信念を貫いた」という彼の語り口は、最後まで極めて抑制のきいた真昼の静止したときのような緊張を保っている。

『怪物がめざめる夜』小林信彦、新潮社
『マイ・バック・ページ』川本三郎、河出文庫
『フレッド・ジンネマン自伝』北島明訳、キネマ旬報社

雪の降る日に

私の部屋にはカーテンがないので深夜も外を眺めながら仕事をしている。明け方目醒ましのシャワーを浴びて、濡れた髪の毛を拭きながらワープロの前に戻り外に目をやると、雪が降っていた。私が風呂に入っている僅かの隙をついて——。口惜しかった、雪が降りはじめる瞬間を一度でいいから見てみたいと思っていたのに。

雪は降りつづいた。私は昼過ぎに渋谷で友人のM子と待ち合せしていた。ニュースによると、山手線の外回りが不通なのだそうだ。目蒲線で目黒まで出て——、待てよ、渋谷に行くのは外回り？　内回り？　私は目黒駅の電話番号を訊こうと一〇四を押したが、話し中だ。問い合せが多いのだろう。東京近郊の路線図が載っている雑誌を広げて指先で線路をなぞり、どうやったら渋谷に辿り着けるか思案していると、猫が膝の上に乗り、躰を捩って私の顔を見上げた。途端に気持ちが緩んで、外に出るのが厭になってしまい、M子に電話して日を改めてもらった。雪が降りしきる様を「菊の花の乱舞のように」と書いたのは三島由紀夫だったと記憶しているが、今日の雪はほんとうにそんな風だ。私は猫とふたりっきりで部屋の内に閉じ込められてゆく。

マリー・ルイーゼ・カシュニッツの短篇集をはじめて読んだ。一九〇一年に生まれたドイツの女流作家である。洒落(しゃれ)た装丁に魅(ひ)かれて『六月半ばの真昼どき』を買ったけれど、閉じ込められた状況でなければきっと読まないだろうと思った。しかし「雪どけ」を読んだだけで、カーソン・マッカラーズやパトリシア・ハイスミスなど数少ない大好きな女性作家のうちのひとりになってしまった。

「でぶ」は僅か十二頁の短篇。太った芋虫のような少女が突如女の前に現れる。いいようのない反発とむかつくような愛情（好奇心）を同時に感じながら、女はそのでぶがこれから行くという湖水のスケートを「この目で見なくては」と思う。

女は湖に行き、ヒキガエルか何かのようなでぶのスケーティングと、彼女の姉だと思われるもうひとりの少女の華麗な滑走を目にする。そのとき、湖を厚く覆っている氷一面に亀裂が走り――、でぶは必死になって這(は)い上がろうともがく。「死に直面してあらゆる生を、この世のあらゆる赫々(かっかく)たる生を呑みこんだかのような表情で」。そして女が息を呑(の)んで視凝(みつ)めるでぶの姿は「えんえんと闘争しつづける姿であり、殻や繭をつき破るごとく、解放・変身をめざして必死に格闘している姿」であった。本気で他人に薦めることができる久しぶりの短篇集だ。外は、まだ雪――。

『六月半ばの真昼どき』　マリー・ルイーゼ・カシュニッツ、西川賢一訳、めるくまーる

大人になってしまったら

四十代の友人がこういったことがある。

「ぼくは少年時代で、時間が停まってしまってるんじゃないかな。なぜなら、少年のころに抱いた疑問が今になっても解けないんだから」

「たとえば？」と訊くと、彼ははにかんだような笑顔を下に向けた。

「友情とは何かとか、ひとはなぜ女の子に恋心を持つんだろうか、とかさ」

私は『クレージー・バニラ』の瑞々しい文章を読んで、作者も少女時代で時間が停まってしまったのではないかという気がしてならなかった。

プロのカメラマンになって鳥の写真を撮りたいと願っている少年、タイラー。そしてヘビースモーカーで、髪をクルーカットにしているとても風変わりな少女、ミッツィ。

この本は自分の夢で人生の扉を開こうとして、そのためにいつも不安に怯えているタイラーの、心のなかでは溺れて助けを求めているが、ひと前では明るくタフに行動するミッツィへの淡い（そして世界が変わってしまうほどの）恋と、別れの物語である。

私の十四、五歳のころは、タイラーとミッツィとはまったく異なった陰惨なものであり、未来よりも目の前の現実に怯え切っていたから、ふたりを眩しく感じながら読み進めた。しかしそれだけにふたりの心のなかに潜む不吉な予感、決して夢だけでは人生の扉は開かないという不安が、胸に響いた。実際にこの年代では、用心しなければすぐに大人になってしまうのだ。そして大人になってしまったら——。

『クレージー・バニラ』バーバラ・ワースバ、斎藤健一訳、徳間書店

流れる

『流れる』は、今からちょうど四十年前に書かれた小説だが、行間から匂(にお)い立つ香気と格調は、古典的ともいうべき趣があり、しかも新しい。凛(りん)として情感あふれる文章は樋口一葉を想(おも)い起こさせる。

この小説を読みながら感じたのは、着物を日常的に着て暮らしたひとの文体というものはどうして華やかで美しいのだろうか、そして辛酸に満ちた人生経験が確かな教養によって洗練されると、このような小説が書けるのかということであった。幸田文は明治の女の暮らしの知恵や伝統で鍛練された精神のかたちを崩すことなく、昭和を生き、小説を書いたひとであろう。

『流れる』は女中ながら背骨をしゃんとして生きる梨花が目にする、芸者屋が廃業に追い込まれるまでの日常を描いているのだが、花柳界のみならず、日本の伝統的な暮らしの美が無残に壊され、江戸、明治から受け継がれてきた〈粋(いき)〉な言葉や人情が失われてゆく様を生々しく感じる。

作中に出てくるつぎのことばが『流れる』の文章の気品をよく表している。

いいことばには、そこはかとない哀しい(かな)ひびきがある。

『流れる』幸田文、新潮社

寺山修司

1

最近、投稿写真誌に投稿する素人カメラマンの写真が過激になっている——という記事をよく週刊誌などで目にする。裸や女性器をただ撮るだけでは飽きたらず、恋人や妻を縛ったり嬲ったりした様子を撮ったSM的な写真が多くなっているそうだ。

寺山修司の実験映画は実験という場合に必ずついてまわる過激なアマチュアリズムと価値紊乱者としての栄光に彩られているように思う。彼の映画の原点は、明らかに一葉の写真——静止したスチールにある。

私は、写真家に撮影を任せた初期の四本の作品——『檻囚』(立木義浩)、『書を捨てよ町へ出よう』(鋤田正義)、『トマトケチャップ皇帝』『ジャンケン戦争』(沢渡朔)が好きだ。寺山修司のすべての映像が写真家によって撮られるべきだったたと思えてならない。

寺山修司は、アーサー・トレスの写真をこう評している。

彼の写真集の『心の劇場』（THEATER OF THE MIND）は、どの一枚をとっても演出された、きわめて作意的なものばかりである。だがトレスは「真実の最大の敵は事実である」ということを知っているので、他の写真家たちのような事実信仰にくみしない。彼は、「カメラは語りかける道具」であるという姿勢を崩さないのだ。彼は、堕落の生態学、都市の裏町の密室恐怖症、仮面願望といったものを好んでテーマとしてきた。ミッキーマウスのマスクをつけた犯罪者、人形を抱いてはしゃいでいる養老院の老処女、死体の真似をするセールスマン、彼の写真の中の登場人物たちは、日常の現実の中での「小市民という仮面」を剝ぎとった、ほんものの顔ばかりである。そして、同時に地上には、「ほんものの顔などというものが存在しない、ということを知っている顔」ばかりでもあるのだ。

何故、こんなに長い引用をしたかというと、アーサー・トレスの写真に対する寺山修司の印象は、私が寺山修司の実験映画を観て抱いた印象そのものだからだ。

寺山修司が創った映像は〈演出された、きわめて作意的な〉ものばかりである。彼はその撮り終えた映像にさらなる演出を試みる。映像をピンクや黄緑色（昔の駄菓子の色）に着色したり、往き来するひとの影で映像を隠したり（遅れて映画館に入ってきたひとの影が映像を遮断するときのように）、文字の隙間から映像を見せたり、映像の上に蝸牛を這わせたり、映像の一部を消しゴムで消したりする。

その結果、私たちは寺山修司の作意の手の隙間から世界を覗くことになる。

ひとはどんなときに〈覗く〉のだろうか？

私の場合で考えてみる、――自分がある場所に入ること（ある行為に加わること）を強く望んでいるにも拘らず、その場所に入れない（その行為に加われない）場合――、その場所（行為）を〈覗く〉かもしれない。

去年の五月、あるテレビ番組をつくるために青森に行った。そして少年のころの寺山修司を知る女性（元教師）に逢った。彼女の話によると、十歳のとき母親が九州に行ってしまったために、ひとりで自炊生活をしていた寺山修司はあちこちの家の窓が明るくなる夕飯どき、友人の家の門を叩いて迷惑がられたそうだ。

十歳から三年つづいた「家なき子」のような生活、十九歳から三年つづいた病床生活（生活保護法で入院）、――彼はその病床生活を「世界はつねに私の外側で動いていて、私には手でさわることができなかった」と書いている。

寺山修司は世界を手で触れることが生涯できなかった、だから彼は〈覗く〉ことに執拗にこだわりつづけたのではないだろうか？

『迷宮譚』のなかにこんなシーンがある。

街中の扉に×印がつけられている。女は必死になって扉を叩き、×印を掌で擦り消そうとするが、扉は開かない、鍵がかかっているのだ。女は疲れが滲んだ眼差しを彷徨わせ、扉に耳を押しつける。扉の内からノスタルジックなメロディーが聞こえてくる。

ラストシーンでは、白い大通りの真ん中に、開かない扉とその扉に凭れかかった女だけが取り残される。女の耳のなかの幻想が大通りに溢れ出し、扉の内の音楽とともにピエロのような扮装をしたひとびとが大通りを漂いはじめるが、それもやがて去ってしまう——。


すべての異物は、私のまわりに凝縮していて、私とうちとけあうことはなかった。ただ、ことばだけが郵便配達夫のように、私と外的存在とのあいだを行ったり、来たりしているように見えた。（寺山修司）

『マルドロールの歌』で、言葉は亀や蜥蜴の姿に変化して裸体の上を這いまわり、蝸牛（郵便配達夫）は銀色のぬめぬめした筋を残しながら、書物の上から映像の上へ移動する。

活字は蟻の行列のようにイメージの上にたかり、イメージを侵食する。ペンをもった寺山修司の手が登場し、イメージと活字に書き込みをしていく。寺山修司は、映像の上に出現した「無数の敵が蝗のように各都市に襲いかかってくる」という文章のなかの〈敵〉と〈各都市〉をペンで黒く塗り潰し〈敵〉を〈言葉〉に、〈各都市〉を〈王国〉に書き替える。

寺山修司はその映像世界で、イメージを紙の上にピン止めし、イメージを縛って動けなくしてしまう画鋲の役割を、ときおり言葉に与える。

『書見機』では、〈読むという労働〉という言葉の後に、ストップウォッチでひと文字を読む速度を計らせながら、読んだ文字に印をつけていく男や、歩きながら書物を読んでいるために、お互い顔を合せることのないまま擦れ違うふたりの男が登場する。

寺山修司にとっての言葉は、自分と外的存在との間を往き来してくれるたったひとつの重要な存在であると同時に、外的世界に触れることのできない自分を浮き上がらせる疎ましい存在でもあったのだろう。

彼は自分が撮った映画を『蝶服記』＝〈さえぎられた映画〉、『ローラ』＝〈出入りできる映画〉、『迷宮譚』＝〈ドアの映画〉、『疱瘡譚』＝〈手でさわれるフィルム〉、『消しゴム』＝〈シミのある映画〉、『二頭女』＝〈影の映画〉と名づけている。これらの映画は、カール・マルクスがいう「ある状況についての幻想を棄てたいという願いは、幻想を必要とする状況を棄てたいという願いでなければならない」かのように、幻想でしか成立し得ない映像そのものさえも棄て去ろうとしているのだ。

何故、寺山修司は映画を撮ることに執拗に拘りつづけたのだろうか。もし、書くことだけに留まっていれば、今なお生きていたかもしれない可能性を想うとき――、このことはどうしても考えずにはいられない。

私は、彼の映画を、言葉によって葬られた肉体の復権であると考えている。寺山修司は、寺山家の直系の血筋が絶えることを意識していたに違いない。一葉の写真は、何々家のときを記録することはできても、肉体を記録することはできない。彼は、ムービーによって、自分の記憶を記録しなければならなかったのだ。彼の映画には血の記憶がべったりと焼きつけられている気がする。彼の映画を観るとき、私は血の匂（にお）いを嗅（か）ぎとって、少しむせてしまうのだ。

寺山修司の血は短歌の一首にさえありありと記録されているというのに、映画でその永遠性を保証せずにはいられなかったことに私は、彼の肉体へのいいしれぬ不安を感じとって、ある痛ましさを覚えずにはいられない。谷川俊太郎（たにかわしゅんたろう）との『ビデオ・レター』さえも、このことと無関係ではないはずだ。

私は、寺山修司の映画は、彼がこの世に産み出さざるを得なかった奇形の嫡子（ちゃくし）という印象を拭（ぬぐ）い去ることができない。実験的な映像、演出、作意の向こう側に、寺山修司の実像が浮かび上がるのだ。

それがいかに迷宮の様相を呈していたとしても、たとえほんものの顔が存在しないとしても――。

2

私は正直にいって、寺山の熱心な読者ではなかった。にも拘らずＮＨＫの『五月の伝言』という、若者にとって今、何故、寺山修司なのかを探るドキュメンタリー番組のリポーターを務めたことがある。私がその番組を引き受けたのは十四歳のときに読んで衝撃を受けた短歌のせいだろうか、あるいは「天井桟敷」の時代に遅れてきた劇作家として、寺山修司の故郷を彷徨（ほうこう）できることの魅力に抗し切れなかったということかもしれない。

おそらく寺山は一度たりとも自殺を試みようとしたことはないと、私には断言できる。寺山修司ほど自殺が似合わない作家はいないからだ。

「ときどき帰りたくなる。彼の命のはじまったところ、彼の死のはじまったところへ」と書いた寺山が何故自殺しなければならないのか。ウィリアム・サローヤンの、「あらゆる男は命をもらった死である。もらった命に名誉を与えること」という言葉に殉じた彼が、太宰や三島のように自殺するわけがない。彼にとって死と生は背中合せというより、二人三脚でゴールを目指すものだったのだ。

彼と親しかったひとから聞いた話によると、二十数年前に電車の踏切の前で突然、

「ぼくはきっと永井荷風（ながいかふう）のように死ぬと思うな。風呂敷（ふろしき）に全財産を包んで、ま、のたれ死ぬだろうな」

といったそうだ。

『青少年のための自殺学入門』は寺山版自殺のエンサイクロペディア、あるいは死のイメージ、コラージュというべきか——。

この本は「自分の死をあそべるような賭博師(とばくし)でありたい」と希(ねが)った寺山が、生と戯れることしか知らない青少年に死との遊戯をススメているのだ。

「上手な遺書の書き方」や「動機も必要だ」を読むと、この本を自殺マニュアルとして誤解するひともいるかもしれない。しかし『青少年のための自殺学入門』は自殺のマニュアルではなく、死を思想化することを過激にアジテートしているにすぎないのだ。

この本から誰かがマニュアルを取り出して自殺を試みたとしても、そのひとは決して成功しないだろう。むしろ腹を抱えて大笑いし、やがて納得して自殺のライセンスを習得したことを知る。〝自殺は生から逃げてゆく〟死ではなく、〝もう一つの生へ向かってゆく〟死である、というのがこの本に通底する自殺学だからだ。

一九九三年は鶴見済(つるみわたる)氏の『完全自殺マニュアル』がベストセラーになったことで記憶されるかもしれない。新聞報道によればこの本を読んで自殺したひとがいるそうである。私は鶴見氏の本を興味深く読んだが、このマニュアルに対しての批判がひとつだけある。それは、

「『人間いかに死ぬべきか』と思ったら、まずその尊厳を守り、方法化し、殺されるとい

う受け身の死を排さなければならない。そして死ぬ自由くらいは自分自身で創造したい、と思うのだ」という寺山の言葉で十分だろう。

ある日、ぼんやりTVを観ていると、君原健二がゴールに向かっていた。五十二歳のメキシコ・オリンピックの銀メダリストの君原が、三時間数分というシルバー・マラソンとしては抜群のタイムでゴールインしたとき、私は高名なスポーツライターがコメントした言葉を許せないと思った。

「このとき、もし円谷幸吉（つぶらやこうきち）さんも、君原さんと一緒に走っていたらどんなによかったろう」

このスポーツライターはマラソンとは何かをまったくわかっていないだけではなく、円谷の死を不当に貶（おとし）めている。もし円谷が自殺していなければ、その後の私たちの人生はもっと最悪だったろう。少なくとも私は円谷の死を意識して生きてきた。誰が円谷の老化したランニングを見たい？　このライターは死を思想化することもなければ、死の尊厳をわかっていないことに気づいていないのだ。

死を思想化するということからすれば、寺山は「ぎりぎり追いつめられた中小企業者の倒産のような自殺は、自殺のように思えるが、実は〝他殺〟である」と述べている。また「ノイローゼで首を吊（つ）ったというのは〝病死〟である」と。この指摘はいかにも鋭い。

それにしても寺山の死はあまりにも早かった。彼は人生を「一つの質問にすぎない」といったが、私は彼に質問したいことがいっぱいあったのだ。

彼が博学でブッキッシュなひとであったことはよく知られている。彼と暮らしたことがある友人はこういった。

「とにかくすごいひとだね。午前二時に仕事が終わっても、その後、本を読んでメモして、六時に起きてさ、原稿を書くんだもん」

これでは早過ぎた死とはいえない。寺山が一年で何年分も生きたとしたら、おそらく何度も死んだに違いない。「いくつもの生を生き、いくつもの死を知ったものは死なねばならない」（オスカー・ワイルド）のだから。

『青少年のための自殺学入門』に寄せる最大の推薦文はこうなるだろう。

真に重大な哲学の問題はただ一つ、それは自殺である。人生が生きるに価するかどうかを判断するのは、結局、哲学の根本的問題に答えることになる。

（アルベール・カミュ『シジフォスの神話』）

私は先に寺山修司は自殺を試みたことはないと書いたが、『自殺学入門』の後記を読むと、やはり彼の死は自殺だというべきかもしれないと思うのだ。寺山は、もし演劇や映画をつづけるなら間違いなく死ぬ、と医師に宣告されたのに書斎に帰ることを拒否したのだ。

演劇や映画からの撤退は自分を殺すのみならず、「じぶんを殺すことは、おおかれすくなかれ、たにんをきずつけたり、ときには殺すことになる」という想いであったろう。この寺山らしくないひらがなを多用した感傷的な文は胸を打つ。寺山は「たにんにまきこまれずには自殺もできない時代」を生きたのである。

私は急がなければならないと思っている。

死者たちの世界こそが花ざかりなのだ。

でも言葉はまだ残っている。

この本を読み終わって何故か、ニューオリンズのドラッグストアに売られているという木製の小さな鳥、その羽根の下の飾り板に書かれている言葉を想った。

「わたしは鳥。わたしはうしろに飛んでいくの。なぜってこれからどこに行くかより、どこにいたか知りたいから」

寺山修司はいつもうしろへ飛んでいた。そう、死はただひとがうしろへ飛ぶことなのだ。

太宰治

太宰治について書くことは難しい。
もうワープロの前に一時間以上座りつづけている。
太宰の小説は、十四歳のときから何度も繰り返し読み、本はぼろぼろになっている。今、太宰のことを考えると寂寥感（せきりょうかん）のようなものが胸を塞（ふさ）いで、指先はいっこうにキーを叩（たた）こうとしない。

　昼過ぎに本棚から太宰の本を抜き取って読みはじめ、気がつくと夜だった。十四、五のときは、このひとは何故（なぜ）こんなにも私のことをわかっているのだろう、と畏（おそ）れと切なさで心が満たされた。そして太宰は私のなかに入り込んで棲（す）みついたのである。しかし今日、何時間も読みつづけることができたのは、ひとえに文章の力によってだった。

　太宰の文章は他の作家のそれとはまったく異なっているように思える。たとえば、文庫を開くと、「男女川（みなのがわ）と羽左衛門」という短文が目に止まる。

私はそんな男女川の姿を眺め、ああ偉いやつだといつも思う。よっぽど出来た人である。必ずや誠実な男だ。

ああ、という言葉に、確かに太宰の感嘆の声の響きを聞き取ることができる。必ずや誠実な男だ、といい切られると私も思わず、その通りだと頷く。すると口を少し歪めて笑う太宰の顔が浮かぶ。

さらに頁を捲ると「酒ぎらい」がある。

酔がさめると、後悔もひどい。土にまろび、大声で、わあっと、わめき叫びたい思いである。胸が、どきんどきんと騒ぎ立ち、いても立っても居られぬのだ。なんとも言えず侘びしいのである。死にたく思う。

私はこの文章をカリカチュアしているとも大袈裟だとも思わない。もし私がその場に居合せたら、台所の隅にある一升瓶の栓を抜いてコップに注ぎ、太宰に差し出すだろう、何杯も、何杯も。

どうか笑わないでいただきたい。私は労しさで胸がいっぱいになり、ただの感傷家になっている自分を、これっぽっちも恥ずかしく思っていない。なにかまうものか、凛として私のなかに存在する太宰に尽くすのだ。こういう状態になるのは、単に文章が巧みだからではない、言霊に突き動かされているのでもない、彼の肉声が一言一句私に直に訴えかけているとしか思えないからだ。キリスト教徒が聖書を読む姿に似ているかもしれない。そう、私にとって太宰の小説は福音書なのだ。

太宰は文学に於いて、もっとも大切なものは「心づくし」であり、それを読者に通じさせることだといっている。私は小説家として、佳い小説とは心のこもったものであるといい切る自信はない。けれど読者としての私は、命がけで心を尽くした彼の小説を繰り返し読んでいる。

私は太宰が自作についていうところの、日陰者の苦悶、敗者の祈りに、跪く。

太宰治は文章は運命だといっているが、十四歳、私の運命の扉は開いた。

谷崎潤一郎

小説を読んでいて、ごく稀に、これこそまさに自分が書きたいと思っていた小説だ、と嫉妬のようなものが衝き上げてくることがある。

それは、著者が没してもなお新しい読者を獲得しつづけている小説に対して感じることが多い。

谷崎潤一郎の小説には嫉妬をおぼえたことがない。単純に、わたしが書きたい小説ではないからなのだが、谷崎潤一郎は大好きな作家のうちのひとりである。

読んでいると、静寂のうちに緊迫した瞬間が訪れ、言葉が連なるその意味を飛び越えて、視える――、それが谷崎潤一郎の小説の比類なき魅力だと思う。

そしてその魅力は、長いあいだ谷崎の小説を読まずに過ごした後、ふと谷崎の小説を考える時に一層際立つような気がする。

たとえば、『刺青』の主人公の刺青師・清吉が夏の往来で出逢う女の足の「拇指から起って小指に終る繊細な五本の指の整い方、絵の島の海辺で獲れるうすべに色の貝にも劣らぬ爪の色合い、珠のような踵のまる味、清冽な岩間の水が絶えず足下を洗うかと疑われる皮膚の潤沢」であり、何者かによって熱湯を浴びせかけられた顔を見られることを恐れた春琴の意に沿い、佐助が盲目になるために自ら縫針で突いた黒眼——。

「黒眼を狙って突き入れるのはむずかしいようだけれども白眼の所は堅くて針が這入らないが黒眼は柔かい二三度突くと巧い工合にずぶと二分程這入ったと思ったら忽ち眼球が一面に白濁し視力が失せて行くのが分った」

わたしが、谷崎の小説でいちばん好きなのは、この『春琴抄』である。

春琴が最も残酷な形でその美貌を奪われる件から、句読点を最小限に留めた段落のない文体が加速する。

超技巧的な文体であるのに、映像の細部が技巧から引き離され、読者であるわたしの感情にぽっかりと浮かび上がるのだ。

「春琴の顔のありかと思われる仄白い円光の射して来る方へ盲いた眼を向けるとよくも決心してくれました嬉しゅう思うぞえ、私は誰の恨みを受けて此のような目に遭うたのか知れぬがほんとうの心を打ち明けるなら今の姿を外の人には見られてもお前にだけは見られとうないそれをようこそ察してくれました。あ、あり難うござり升そのお言葉を伺いました嬉しさは両眼を失うたぐらいには換えられませぬお師匠様や私を悲嘆に暮れさせ不仕合わせな目に遭わせようとした奴は何処の何者か存じませぬがお師匠様のお顔を変えて私を困らしてやると云うなら私はそれを見ないばかりでござり升私さえ目しいになりましたらお師匠様の御災難はなかったのも同然、折角の悪企みも水の泡になり定めし其奴は案に相違していることでござりましょうほんに私は不仕合わせどころかこの上もなく仕合わせでござり升卑怯な奴の裏を掻き鼻をあかしてやったかと思えば胸がすくようでござり升佐助もう何も云やんなと盲人の師弟相擁して泣いた」


括弧や句読点で分け隔てられない二人の会話は、読んでいて陶然とするほど美しい。

まるで視ているかのように視え、聴いているかのように聴こえるのだ。

谷崎潤一郎の小説には、読んでいるのだということを忘れさせてくれる瞬間が在る。

読もうとしている小説を前にしてもなお、書き手であろうとする自分の厚かましい自意識を遠ざけてくれる。

絶対的な主観を味わわせてくれる小説なのである。

芥川龍之介

十代前半の頃である。わたしは太宰治に傾倒すると同時に、芥川龍之介の「大導寺信輔の半生」「点鬼簿」「河童」「歯車」「或阿呆の一生」などの晩年の作品をくりかえし読み、「文藝的な、餘りに文藝的な」や「侏儒の言葉」の警句を手帳に書き写したりもした。周囲に広がる空の青さや陽光の暖かさは一切感知せず、狭い革靴の中の足指の窮屈さへの苛立ちが高じて、全神経を針のようにちくちくと攻撃し出し、やがてその痛みに支配されていくような……、常人には些細とされる苦痛への異様なほどの執着が感じられる精神的風景、もっと言うと、少女時代のわたしは芥川龍之介という作家を蝕む病に魅入られていたのだと思う。

今回、「秋」について書くようにと依頼され、わたしは当惑した。

何故、わたしが「秋」なのか、と首を傾げた。

しかし、三十数年ぶりに再読してみて、彼は「芥川龍之介」という作家の作品をどのように「成す」のかを考えて、「秋」という作品で一人の男を巡る姉妹の恋情や嫉妬心に身を寄せたのだろうと思った。

「秋」を、芥川の親友の作家である宇野浩二は「作意がハッキリしすぎ、説明が多すぎ、心理描写があらわすぎ、辻褄が合いすぎる。そのために、現実味がうすく、迫力がない。頭で作って、頭で書いているからである」と酷評したが、わたしは、単なる技巧のみならず、隅々まで意識を張り巡らし、無意識が溢(あふ)れ出す瞬間を捉(とら)えようとする、芥川の創作に対する並々ならぬ野心を感じた。

夫の酒臭い寝息に嫌悪感をおぼえながらも、翌日になると自然と仲直りをし、「そんな事が何度か繰返される内に、だんだん秋が深くなって来た」……。

この小説には、激しい思いをいつの間にか追い抜き、追い抜かれたらもう諦(あきら)めて身を委ねるしかない「暮らし」の流れが「秋」として描かれている。

芥川龍之介にとって「秋」は、生きて書きつづける契機と成り得た作品だと思う。芥川自身がそう感じたからこそ、友人宛(あて)の手紙に「僕はだん〳〵あゝ云ふ傾向の小説を書くやうになりさうだ」と漏らしたのだろうが、芥川はその七年後に「彼はただ薄暗い中にその日暮らしの生活をしていた。言わば刃のこぼれてしまった、細い剣を杖にしながら」(「或阿呆の一生」)と書いて、三十五年の人生に自ら幕を下ろした。

「秋」の先に広がったかもしれない芥川龍之介の世界に思いを馳(は)せるのは、わたしが四十五年間を生きて、人間の「暮らし」こそ描いてみたい、と思うようになったからであろう。

色川武大

色川武大（いろかわたけひろ）に逢（あ）いたい。

日本の作家で逢ってみたいと思ったのは太宰治と色川武大だけだが、ふたりとも故人である。太宰に逢えないのは当然で、ただ遅れて生まれたのを悔やむだけだが、色川武大は同時代を生きていたのだから逢えたかもしれないのだ！　何故（なぜ）ふたりに逢いたいか――、兄のように近しい感じがするからである。

エンターテインメントの作家としてなら阿佐田哲也の名を出すべきかもしれないが、私は純文学にしろエンターテインメントにしろ、色川武大として読んだのである。

はじめて読んだ彼の小説は、六年前の訃報（ふほう）にいいようのない衝撃を受けて近所の本屋に駆（か）け込んで手にした『狂人日記』と『怪しい来客簿』だった。

自分は、正気と狂気の間を行き交いながら、いつも自分の狂気のことを考える。正気についても考える。

（『狂人日記』）

私はいつも自分の穴の中におり、表情を失っていた。私がやったことは、まず孤立し、そこで居眠りすることだった。

（『怪しい来客簿』）

私は穴のなかに落ち、長い間、そこから這い上がった方がいいのか、それとも惰眠を貪ったままがいいか、わけもわからず暗闇を見つづけていた。だからふたつの小説を読んだとき、私と同類の異人がいることを知って、懐かしさで胸が苦しくなったほどだ。以来、『百』『あちゃらかぱいッ』『離婚』『花のさかりは地下道で』からエッセイに至るまで読んだが、私にとっては大きな穴ぼこでぼんやりとときを過ごしたという印象なのであった。

彼の小説には繰り返し屈託という言葉が出てくる。子供のころから生きることに屈託していた人間は、色川武大をおいて他にいない。「正気と狂気」「覚醒と居眠り」の隘路をガリヴァーのように旅したひとである。戦後日本文学のブラックホールのような存在だった。生きていて欲しかった。

彼は何かのエッセイで、子どものときから劣等生だったが、ただし洋画のスタッフ・キャストの名前を瞬時に読み取る能力があったともいっている。私は色川武大は記憶と忘却のひとだったと考えている。実人生や映画、演芸などで、あまりにも多くの人間を見て、その鮮明な記憶の重みに堪えかねて眠るひとになったのだと――。

私はひとを羨むことが少ない人間だと思っているが、色川武大に逢ったひとに心から嫉妬している。色川武大に、逢いたい。

阿佐田哲也

わたしの父は博打打ちだ。

博打で、家土地と家財と家族を失い、三十年間釘師として勤めたパチンコ屋をクビになった。

父の父もまた、故郷（韓国）の村では有名な博打打ちだったそうだ。

地主だったらしいが、博打ですべてを失い、雨のなか、他人の家の軒下で行き斃れた、と聞いた。

父は、七十歳を越えたいまでも博打を打ちつづけている。

いろいろな事情があって音信を絶っているのだが、母の耳には「柳さん、一局百万の賭け将棋をやったのよ」などという風の便りがはいってくるようで、そのたびに電話をかけてきて、「あのひとは死ぬまで博打をしつづける。自分の父親と同じように行き斃れになるがいい」と吐き棄てるのだが——。

数日前、玄関のチャイムが鳴った。

インターフォンのモニターには、白髪（しらが）頭の老人が映っていた。

一瞬だれだかわからなかったが、よく見ると、父だった。

わたしは解錠ボタンを押した。

「やぁ、元気？」父が家のなかにはいってきた。

父はリビングの椅子（いす）に座るなり、リュックサックのなかから小さくてぶ厚いアルバムを取り出し、一枚一枚めくりながら思い出話をはじめた。

三輪車にまたがり前歯の抜けた口を開けて笑っているわたしの写真を見たとき、三年半前に、やはり突然現れたときのことを思い出した。

あのときは、わたしの通信簿だった。小一から中三までの（高校は一年の途中で退学処分になったのでもらいませんでした）通信簿をずらっと並べて思い出話をしたあと、「ヤミ金に金を借りて、払えない。明日までに二百万払わないと殺される」といい出したが、わたしの財布のなかには数千円しかはいっていなかった。「銀行にあるんでしょ」と詰め寄られ、父の車に乗せられて、駅前の銀行で金を引き出すハメに陥ったのだ。

そういえば、車――、車に毛布や枕（まくら）や洗面器などの生活用品を積んで移動生活をしていた父がリュックサックを背負って徒歩で現れるなんて――、車は中古屋に売ってしまったに違いない。

わたしは、どの写真にまつわる思い出話にも相槌（あいづち）を打たずに、腕組みをして身構えていた。

写真が尽きると、本題にはいった。

「あのぉ、トイチで借りたら返せなくて、トゴで借りちゃって、明日までに利息分だけでも用意しないと、百万円なんだけどね」

「ないよ。ない。銀行にもないよ。こっちも借金だらけなんだよ」

「当たれるところは全部当たってみたんだけど、もうだれも貸してくれないんだよ」

「無理なものは無理だから」

父は食い下がり、わたしは突っ撥ねた。

原稿の締切りが迫っているので、早く帰ってほしかった。

「子どもの最近の写真、一枚くれる？」

最近はもっぱらケータイで撮り、紙焼きにすることは滅多にないので、数年前の写真を何枚か手渡して、「今日は忙しいんだよ」と玄関を開けて退場を促した。

父が勤めていたパチンコ屋は横浜の黄金町の駅前にあり、父が出入りしていた賭場もその界隈にあった。

黄金町は、黒澤明の『天国と地獄』で、山崎努演じる誘拐犯が、ヤク中の女に麻薬を試し打ちして殺害するシーンの舞台として有名だが、色川武大はこのように書いている。

「伊勢佐木町の裏通りに、親不孝通りという通称の通りがあって、ここは地下カジノやポーカーゲームの店が、イルミネーションを点滅させながら軒を並べていた。それから福富町。ひと頃新聞の社会ダネにもなって、もう今は、表側は完全に静まり、地下深く潜ったようだけれど、盛りの頃はおおっぴらでサンドイッチマンがカジノの客引きをやっていた」（『いずれ我が身も』〈中公文庫〉から引用）

狭い界隈なのだが、賭場のみならず、職安、寄せ場、ドヤ街、組事務所などが密集し、住民登録をしていない（できない）労働者や娼婦やヤクザたちの住処で、戦後の混沌が手つかず（手をつけられない）で残っていた。

そのむかしは運河だった大岡川と高架を走る京浜急行に沿って、三十分一万円、十五分五千円が相場の〈チョンの間〉と呼ばれる青線地帯も残っていたのだが、二〇〇五年一月から開始された神奈川県警による「バイバイ作戦」が功を奏して、ばたばたと店仕舞いしていったそうだ。

今年の春に行ってみたら、川べりに二十四時間態勢の監視小屋が置かれ、路地を通り抜けようとしたら、すぐに警察官が出てきて職務質問をされた。

わたしは、子ども時代を過ごした黄金町がゴーストタウンと化してしまったことに、一抹の淋しさ以上のものをおぼえたわけだが——、何故、こんなに長く、わたしの父と、わたしの町のことを書いたかというと、『麻雀放浪記』を、敗戦直後の昭和二十年から高度経済成長期にはいった昭和四十年までの二十年間で生き方を変えざるを得なかった主人公・坊や哲の変節の物語として読んだからだ。

物語は、「東京が見渡す限りの焼野原と化した」敗戦直後の上野のバタ屋部落に、上州虎という博打打ちが足を踏み入れるところからはじまる。

「あっしゃ、これだ。博打しか楽しみがねえんだ。殺生なことをいわずに張らしておくんなさい」

と一本腕を差し出しチンチロリンの勝負に加わるのだが、負けが込み、ズボンのなかから最後の札をつかみ出して、こう叫ぶ。

「これがとられたら、俺ァ飢え死だ。面白えね！　博打はこれだから面白え。死ぬも生きるもサイの目ひとつ、どうせなら、こんなふうに簡単に死にてえものさ」

『麻雀放浪記』には「世間の慣習よりも、自分独自の道徳を重んじる」無法者が続々と登場し、自分のすべて、生きることのすべてを賭けて、勝負に首まで浸かっていく――。

わたしは、風雲篇で登場する「在り金をとられ、家をとられ、女房をとられ、商売道具の湯タンポを、押えられ」た遊廓の湯タンポ屋のぎっちょに、父の姿を重ねて読んだ。家財道具をとられた空っぽの家に座っている妻の背中を眺めたときに、ぎっちょは「急に捨て鉢な気持が湧い」てくる。

「なんや、騒ぐことなんぞあれへん、どんなになったかて、わいはもともとルンペンや、元っこやないか――」

そして、「ずぶっと懐中に手を突っこん」で妻の財布を奪い、家を出て行くのだ。

「今日からは何をしようと俺の勝手だ。この世界に遠慮するものは何もない。やりたいことをやってしくじったところで、くたばればそれでいい」

ところが、昭和二十七年あたりを描いている激闘篇になると、鉄火場の様相が変わってくる。

「どこの雀荘へ行ってみたって、近頃はサラリーマンがほとんどだ。麻雀はもはや、特殊な男たちの遊びではなく、一般化されたゲームになってしまった。勤め人たちは皆、同僚や仕事上の友人とやっている。どこの馬の骨かわからない奴は、誰も相手にしてくれない。いくら腕がよくたって、相手が居なくちゃ無し目も同じ。飯の食いあげである。

麻雀打ちが麻雀だけやってればいいという時世は、あの戦後の動乱期がおさまるとともに消え去っていたのかもしれない」

と、主人公・坊や哲も勤め人の真似事（まねごと）をするのだが、「這いずってでも博打場に行きますよ。月給取りになろうなんて二度と思いません」と鉄火場に舞い戻ったと思いきや――、

「若かったから、何にも隷属しない形で辛うじて生きられたのだろう。現在はがんじがらめに隷属させられている。そのうえ、隷属しなければ生きられないという常識まで身につ

けている」

なんと、本書・番外篇では、「雀ごろ」から足を洗って会社勤めをし、「愛されるための演技」なる①〜④の箇条書までしているのだから、驚くとともに遣る瀬無い思いがこみあげてきた。

ひさしぶりに雀荘にはいって手痛く負けた坊や哲に、変わらぬ生き方を通しているドサ健が訊ねる。

「月給とりは面白えか」

「もう面白え生き方をする力がなくなったんだって」哲は答える。

物語から後退してしまった坊や哲の代わりに、北九州から上京してきた「生きるということに関してまったく無責任であり、自分の生に意味づけや値定めをして、みずから慰めようとしない」李億春という男が物語に食らいついてくる。

「勝てば取り、負ければ払わない。殴られてすむのなら、だまって殴られている。指をツメろといわれれば、それもよろしい。博打だから、負けたときに手傷を受けるのは当然である」

李億春は、親指をのぞいて、どの指も第一関節から先がないため黒手袋をして麻雀を打ち、「どげんしたとな、はよう指をツメたらよかたい。君に忠、親に孝を裏切って、親指をぶった切ってもらってもなんともなかあ」と凄むツワモノなのだが、しかし、どうしたわけだろう――、李億春の存在は、湯タンポ屋のぎっちょや、勝負の最中に絶命して身ぐるみはがされた出目徳のようには迫ってこない。喪失に戦慄がない、のだ。

李億春は、登場が遅すぎた博打打ちなのだと思う。出てきたときにはもう、芝居の幕は下り観客はひとりもいなかった。けれど、なにもしないで退場するわけにはいかないから、指をツメられても麻雀を打ちつづけるしかない。

ドサ健は、退場が遅すぎた博打打ちだ。ヤクザ相手に、イカサマで天和を連続して袋にされた挙句、夜汽車のトイレに叩き込まれる。鑑別所あがりの大工・森サブという青年とともに田舎に留まり、博打をつづけるのだが――。

実は、わたしは一度も麻雀をやったことがない。けれど、わたしは、鉄火場の近くで育ち、敗けるまで賭けつづける、敗けても賭けることだけは手放さない博打打ちたちを間近で見てきた。『麻雀放浪記』の止むを得ない終わりに立ち会ったとき、がらんとした黄金町の路地に戻ったような気がした。

そして、ひと晩中逃げまわって気弱になったドサ健の声なき声が追いすがるように響いてきたのだ。

（哲よゥ――！）

父は、いま、どこで、なにを、賭けているのだろうか――。

荒木経惟

旅とは、異郷あるいは異境に足を踏み入れることであろう。しかし『旅情』における荒木経惟の旅はそのようなものではない。

旅人が京都を訪れたら、それらしい風景に身を置きたいと思うに違いない。名所旧跡を観光しなくても、他では見ることのできない街並や路地を、差異を求めて徘徊するはずだ。もっとも私の友人はあるとき、京都、奈良への旅を思い立ったが、その何れの地でも繁華街の映画館に直行して、他に何処へも行かなかったのだそうだ。京都と奈良で映像のなかの異郷を旅したというわけだ。けれど彼が金閣寺ではなくて映画館に行ったという行為としての差異を意識しなかったかどうか、ともあれ旅は差異の発見である。

『旅情』で驚かされるのは、京都と沖縄の写真を何枚か差し替えても違和感がないことだ。京都と沖縄が同じ景色（気色）に見えるのだから、尋常ではない。「ニューヨーク」でも明白にニューヨークだといえる写真はほとんどない、パリなど別の都市だといってもわからないだろう。「移動・ナビの舞う空」で重要なのは、何故まったく韓国を感じさせない、荷台に少女を乗せた少年が自転車で橋を横切る写真を組んだかである。私はこの写真は、荒木氏が場所の差異を旅したのではないことを証明するために敢えて入れたものだという気がしてならない。キャプションをうたれた旅の写真であるにも拘らず、そこが何処であるのかが意味を為さないのは、荒木氏が場所の差異に無関心なのか、それとも意図して、写真全集第2巻『裸景』と同じように、場所の〈顔〉をフレーム・アウトしたのか、どちらかだろう。〈差異〉こそ、荒木経惟氏にとっての旅とは何かを読み解くキーワードである。

「センチメンタルな旅」も何処を旅しているのかわからない。ただそのなかの一枚、老いた船頭の半纏の〈柳川名物川下り〉という文字を読み取って、北原白秋の故郷として有名な水郷・柳川の近辺を旅しているのだとわかる。だが他の川辺で老人に柳川の半纏を着せるというトリックは可能である。

「東京行乞」にしても、荒木氏にとってそこが東京である必要はなかったろう。一見して東京だと指摘できる写真はあるが、それも新宿ゴールデン街、歌舞伎町という看板によって辛うじてわかるのである（半纏と同様、看板であれば別の街にかけて新宿を装わせることができる）。

同じことが季節にもいえる。コンパクト・カメラによる日付があるにしても、「春の旅」と「冬の旅」の写真を入れ替えても別に不都合はないのだ。特定できない風景を撮ることで、表層ではない東京の貌を炙り出そうとしているのかというと、そんな意図はなさそうだ。写真の風景は行き当たりばったりに荒木氏が居合せた場所であり、意味の欠片もないと思わせるところがこの写真集の凄みである。

荒木経惟は既視感のする風景しか撮らないのではないだろうか。彼の内部に予め存在した風景が目の前に現れたときにだけシャッターを押す。

私が『旅情』の風景は荒木氏の既視感によって切り取られたというのは、写真のなかの〈物〉としてのテレビ、看板、自動販売機が目につくからである。たとえばテレビ、この写真集に受像機が写っているカットは十二枚、そのうち単なる背景ではなく受像機そのものをフレームにおさめた写真は六枚である。荒木氏が女のアパートでテレビのチャンネルを切り替えている写真すらあるほどだ。

テレビは旅先の旅館の部屋に入ったとき、まず最初に目につき、違和感を覚えるものだ。一方それがホテルだとしたら、テレビがなければ不安になる。これは旅館では日常生活から切り離され、外界を遮断したいという願望を持ち、逆にホテルだとテレビで日常との回路を繋ごうとすることを示しているのかもしれない。何れにしろテレビは日常ともっとも緊密に結びついた、家具またはマシーンである。旅とは異郷に向かうことだといったが、テレビが本来の旅に違和をもたらす存在であることに間違いはあるまい。

「愛情旅行」にホテルの朝の写真がある。右側のベッドの枕許に座った下着姿の女が手鏡で化粧をしている。中央にテレビが置かれている。画面には三浦和義とその何番目かの妻らしきツーショットが映っている。もしこの部屋から受像機をはずしてみると、よそよそしくはあるにしても安定した過不足のないホテルの朝の光景を獲得することができるだろう。しかしこの受像機があるせいで、ホテルの部屋が生々しい〈現場〉に変貌する。日常的なありふれた〈物〉が〈事〉になるのだ。床に落ちている片方のスリッパ、椅子にきちんとかけられた女の衣服、テーブルの上の昨夜食べたルームサービスの銀盆（だろうか？）、壁に立てかけられた雨傘が艶かしく何事かを語りはじめる。女は化粧をしているのだから、誰もテレビを見ていない。画面の人物は何も三浦夫妻である必要はないが、とにかく男と女が部屋を覗き込んでいるようにさえ思える。テレビという家具の存在だけで否応なしに物語が生まれるのだ。それはテレビのスイッチを入れたのが荒木経惟、そのひとだからである。

物ではなく空間として目につくのはスナックだ。ここでも荒木氏本人が被写体として、店のママらしき女の肩を抱いたり、カラオケを歌ったりしている。「女旅情歌」で氏がマイクを握っているふたつの店が新宿ゴールデン街のスナックだといっても誰も異議は唱えまい。バーテンはどちらの店も女である。カウンターのなかのふたりの女は他の頁でモデル（愛人といわなければ荒木氏の不興を買うだろうが）として登場している。この仕掛けは同じ「女旅情歌」で露骨に編集されている。

その女は全裸でベッドに腰かけてカメラを正視している。つぎの頁では浴槽でポーズをとり、もう一枚は川辺の道を白いドレス姿で歩いている。そのつぎは県道だろうか、アスファルトの道を歩く彼女がカメラに向かって笑っている。そして最後のカットで、女はエプロンをつけレストランで客待ち顔で立っているのだ。この五枚の写真を見て笑わずにはいられない。確かにここには旅情がある。田舎に棲む男にとって、レストランのウェイトレスを誘ってモーテルに辿り着くまでの行程は旅であろう。荒木氏は地方都市の普通の男になりすましているのだ。彼の写真のもうひとつのキーワードは〈無名性〉である。荒木経惟の写真は名づけられたものへの徹底的な無関心、または反逆に彩られている。世界はまるで、荒木氏がレッテルを根こそぎ剝ぎ取った彼方に存在するかのようである。

荒木氏はモデルを伴って旅に出て写真を撮る行為を許さない。女たちはスナックのママであり、レストランのウェイトレスであり、旅先のアパートに棲む女であり、行きずりの愛人でなければならないのだ。彼はその土地に棲むひとに成り切ろうとしている稀代のトリックスタアである。

それでは荒木経惟の既視感は何処から生まれたのだろう。

予め氏が持っていた景色は、いうまでもなく生まれ育った吉原の裏手の三ノ輪の風景に違いない。そういえば原風景というありきたりのイメージに貶められそうだが、荒木経惟は三ノ輪界隈という〈そのあたり一帯〉のトポスを写したのである。私はこの写真集の建物や人物を切り抜いて立体化すれば三ノ輪界隈が現出するに違いないと考えている。界隈とは中上健次の〈路地〉と同じ意味合いである。

荒木経惟は旅をしたのではなかった。彼は界隈を散策するひとであり、旅人でも異邦人でもない。皇居というトポスを背負って旅する天皇の行幸によく似ているといえば、ひとは驚くだろうか。荒木経惟の旅は〈裏行幸〉であり、乞食王子の冒険である。彼の旅がセンチメンタルにならざるを得ないのは、異境への旅ではなく、今は失われた迷宮、あの界隈を彷徨っているからであろう。

この写真集のなかで純然たる風景は数えるほどしかない。私がもっとも好きな写真は「春の旅」のなかの一枚だ。

郊外のアスファルトの道が斜めに切り取られている。道沿いに電柱が立ち並び、畑の向こうには小さな工場がある。すべてが一瞬の不在のときに静まり返っていて、車もひとも無い。〈物〉も〈事〉も無い。ただ地方都市の静止したときが在るだけだ。手前のフレームの外にはバス停があるようだが、よくわからない。大量にぶちまけられた血のような不吉な影が見える。春の陽光を受けたこの道に相応しい〈物〉と〈事〉が在るとすれば死体しかない。しかしどんなに見詰めても、そこには何も無い。道の先に何かの場所が約束されているわけでもない。そこに在るものは、荒木経惟の喪失感のみである。この写真をじっと見ていると、場所を喪ってしまったひとの寂寥感が痛々しいほどに胸に迫ってくる。

喪ったものは、〈界隈〉なのか、〈父〉、〈陽子〉なのか、よくわからない。荒木経惟はその正体を絶対に明かさないだろう。

喪失を埋めるものは、ただ――写真である。

篠山紀信

『Namaiki』の表紙の八歳の少女は半身に構えてカメラに顔を向けている。右目は髪に隠れているが、異様に輝いている左目は、カメラのレンズを突き抜け、表紙を見ている私を射抜いて虚空の一点を凝視している。

篠山紀信は少女の目ばかりを撮ったのではないかと思えるほど、どの頁でも少女の目は大きく見開かれている。不思議なことに彼女たちは篠山氏から見られていない。敢えていえば篠山氏の方が少女に見られているのだ。

篠山氏が撮影した夥しい数の女性たちは見事に篠山氏の視線に搦め取られている。そして氏を通して大勢の男の視線を意識していることがはっきりとその表情とポーズから見て取れるのだが、『Namaiki』のなかの少女たちは誰からも見られていない。篠山氏のあの視線の重力から解き放たれ遊泳しているような雰囲気さえ醸し出している。写真家にとって被写体から見られるということは堪え難い経験なのではないだろうか。どんな写真家でも狩人的な一面を持っているものだが、狩人にとって最大の屈辱は、銃口を意識しない獲物に真っ直ぐ見詰め返されることに違いない。

しかし篠山紀信は『Namaiki』に、そういった少女たちとはまったく異質の写真を仕組んでいる。六人の女生徒が背を向け合って円になり、階段に座っている写真である。制服のミニスカートから伸びた脚は、今流行の白いルーズソックスを履いている。何よりも女生徒が全員顔を隠しているのが、他の少女の写真と較べて際立った特異さを顕している。彼女たちは無名であり、立ち上がってビルの屋上に駈け上がり手を繋いで飛び降りる姿を想像してしまったほど陰惨な印象である。もちろん一斉に笑い出して顔をあげたとしてもおかしくない。同じ女生徒を撮ったもう一枚は、街を歩いている彼女たちのスカートと脚だけのカットである。二枚の写真が表紙の表と裏の見返しに使われていることからも、篠山氏が如何にこの写真を重要視しているかがわかる。女生徒はごく普通の少女であることで、時代性を全身から発散している。二枚の写真は九〇年代の少女が置かれた状況と風俗を、何の背景もなしに直截に捉え切っている。ドキュメンタリータッチで撮られているのは、他の少女の写真を異化するためだろうが、女生徒をスナップしただけに思える写真で風俗を丸ごと写し撮る篠山氏の力量は驚嘆に値する。街を歩く女生徒の下半身の写真から、ポケベルや街のノイズ、流行言葉さえ聞こえてくるのだ。

『Namaiki』の少女たちにはロリータ的なエロティシズムはない。むしろタナトスを感じさせる小枝のような肢体を曝している。彼女たちの見開かれた眸が瞬きしたら世界は滅んでしまうのではないかという不安が私の胸を掠(かす)めたが、篠山氏はさぞかし彼女たちの瞬きより早くシャッターを押すことに神経を磨り減らしただろう。少女たちを包み込んでいるのは恐ろしいほどの沈黙である。少女は言葉を必要としていない。他者の視線も音も風景さえも消し去り、ただそこに少女という小宇宙が存在しているだけである。

私は少女の写真を眺めているうちに篠山氏の絶望の気配を感じて思わず本を閉じてしまったことを告白しなければならない。少女が照射したのは、篠山氏のなかに在る得体の知れない暗部なのではないか、という気がしたのだ。氏は少女の眼差しに狼狽(うろた)え、傷ついたのではないか。欲望、秘密、危うさ、脆(もろ)さを見透かされてたじろいだかもしれないと感じたのだ。もっとも大人が少女を畏怖(いふ)することは驚くにあたらない。大人は常に少女によって自己の存在の空虚さを思い知らされるのだから――。

私は篠山紀信の写真に、聖性、絶対的なものへの憧憬(しょうけい)を見ることがあるが、彼はそれらが必ず穢(けが)され失墜するものだと意識し覚醒(かくせい)することで、辛うじて聖と俗のバランスを保っているように思う。いやむしろ、篠山氏は自分が写し撮った瞬間に絶対性が消滅するという恐怖を持ったことが何度もあるのではないだろうか。『三島由紀夫の家』や『Santa Fe』の写真集が胸に迫るのは、撮影後に訪れる、被写された世界の不在の時間を思うときである。

そういう意味で篠山紀信のカメラが、ほんの短い時間にしか存在し得ない少女に向けられるのはしごく当然のことである。私は氏の最後の写真集は〈皇族〉になるのではないかと確信に近いものを持っているが、その理由を書くには頁がない。「少女論だったら柳さんはお手のものでしょう」と篠山氏に皮肉っぽくいわれたが、中森明夫氏が美少女たちとの至福の交流をもとに十全に書き尽くしているので、私が付け加えることは見当たらない。『Namaiki』は写真家と文章家が対峙するように組まれている。しかし突出した時代のコーディネーターでもあるふたりの少女への眼差しは微妙にズレている。文章家は誰憚らず美少女たちを追憶に留めたまま恩寵を与えているが、写真家は彼女たちの少女以後を冷徹に予感し、異化する企みをやめようとはしないようだ。ロマンチシズムとリアリズムが交錯して、九〇年代の少女像をほぼ完璧に表現し切っている。

司馬遼太郎

君去春山誰共遊
鳥啼花落水空流
如今送別臨渓水
他日相思来水頭

この唐の劉商の七言絶句は、阿川弘之氏の『志賀直哉』を読んで、志賀直哉が好きな詩だったことを知った。司馬遼太郎氏(以後、司馬さんと呼ばせていただく)の訃報を聞いたとき、不意に浮かんだのはこの七言絶句であった。司馬さんというひとはこのように生き、ひとと別れたのではないかと思ったのだ。

私が司馬文学の愛読者だというと、編集者は一様に驚いてしまう。司馬さんは高潔にして博識の国民的大作家である。放埓な日々を送っている私と、司馬さんの小説世界とではあまりにも不釣り合いに思えるからだろう。しかし私は、獄中の犯罪者、受験生、ホームレス、政府の高官、誰が司馬文学の愛読者と知っても驚かない。

司馬さんが亡くなった直後、「週刊朝日」の山本朋史さんからお手紙をいただいた。大意はこうである。

「あるとき司馬さんに柳さんのエッセイを読んだことがありますかと訊くと、あります、研ぎ澄まされた文章を書く女性は怖い、と笑っていました。逢ってみませんか、ごく普通の女のひとですよ、というと、いや怖いと仰って、結局紹介できずじまいでした」

もちろん怖いというのは本気ではなく、逢うほどの興味も時間もなかったのだろうが、司馬さんの口から私の名前が発せられただけでも嬉しかった。

代表的な小説については、多くのひとが書いているので、『韓のくに紀行』と「故郷忘じがたく候」で司馬さんを追想したい。

『韓のくに紀行』は〈街道をゆく〉シリーズとして一九七二年に出版された。私は近々渡韓する予定なので、必要に迫られて再読した。必要とは、旅の精神的道標にしたいと考えたからだ。

司馬さんは、手つづきを依頼した旅行会社の韓国人女性に「どういう目的で韓国へ」と問われる。日本の先祖の国にゆくのですといおうとするが、思い直してこう答える。

「飛びきり古いむかしむかしにですね、たとえば日本とか朝鮮とかいった国名もなにもないほど古いころに、朝鮮地域の人間も日本地域の人間もたがいに一つだったとそのころは思っていたでしょうね、（中略）そういう大昔の気分を、韓国の農村などに行って、もし味わえればとおもって行くんです」

その女性は、「韓日がもともと一つだと仰るのならもう一度合併したいのですか」といい、司馬さんは頸を竦める。しかし韓国紀行は司馬さんの考えた通りになった。

司馬さんの韓国の旅は、朝鮮人の日帝三十六年の植民地支配に対する怨みを理解しながら、まだ国が成立する以前からの悠久の時間をもってすれば、ふたつの国は真の隣人として親しくつき合えるはずだという考えを確かめるためのものであった。その想いは、春山で韓酒を呑んで遊ぶ七人の老人たちの輪のなかに入り、ひとりの老人から「イルボン、うれしい」と日本語で抱きつかれんばかりに身を寄せられたことで果たされる。イルボンとは韓国語で日本を指す。司馬さんはそのとき、あやうく涙をこぼしそうになる。

一方、司馬さんの同行者である写真家が野踊をしている女性たちを見物しているときに起きた出来事は、日韓（韓日と書くべきか）問題が一筋縄ではいかないことを示している。

写真家が見よう見まねで踊ったり写真を撮ったりしていると、国会議員の立候補者の運動員と思われる背広姿の男が現れ、罵倒される。しかし司馬さんはこの執拗に罵る男さえ「私はツングースの一員として、このときほど幸福を感じたことはない。怒れるツングース、という言葉がそっくりあてはまるような血相を、その紳士は呈してくれていたのである」と書いている。凄まじい諧謔と皮肉だが、根底には朝鮮人への深い共感と共生の想いがある。これでは日帝の諸悪を持ち出す気力が失せてしまうというものだ。

この本が出版されて二十年以上になろうとしている現在でも、両国の関係は何ら変わっていない。

この紀行文を読むだけで、司馬さんは歴史家として膨大な資料を読み解き、作家として想像力を駆使し、それがいつの時代であろうともやすやすとタイムスリップして瑣事に目を凝らし、自分の心に直截に訴えることだけを書くひとだとわかる。

司馬さんは政治、軍事、経済が、永遠に継ぐべき民族の良質のものを塞ぎとめてしまうことに対して誰よりも強い怒りを持ったひとである。しかしその発言は他の学者や評論家と根本的に異なり、過去、現在、未来を見通したうえで絶望の淵から悲憤しているように思える。

「故郷忘じがたく候」は司馬さんの短篇のなかでも、ひときわ感動的な小説である。私は再読しながら、三度、涙が溢れるのを堪えきれなかった。

京都の町寺の庫裡に転がっている壺の破片が、朝鮮のものなのか苗代川の窯でつくられた薩摩焼なのか思案するところで小説ははじまる。

それから二十年後〈私〉は鹿児島の宿で、そのときの記憶を蘇らせる。そして街で買った地図を眺めているうちに、小さく印刷された「苗代川」の地名を発見する。〈私〉は戸数七十ばかりのその窯場の村を訪ね、十四代目にあたる沈寿官氏と語り合う。

時代は、医家橘南谿がこの村を訪ねた天明に変わる。沈氏らこの村民の祖先は、豊臣秀吉の慶長の役で捕虜となり、薩摩に漂着した七十名ほどの朝鮮人であった。彼らは帰化させられ島津藩の陶工になるが、日本名には改めず韓国名を名乗りつづけた。城下に移り棲めという藩命をも拒み、山に登れば東シナ海が見え、その海の遥か彼方に朝鮮の山河を望める苗代川を離れようとはしなかった。橘南谿は漂着からおよそ二百年経ったことを知って、もう朝鮮に帰りたいとは思わないでしょうと訊ねると、五代目である沈氏は、ひとの心というものは不思議なものでといい、「帰国致したき心地に候」と故郷への想いを語るのである。

十四代目の沈氏は韓国の美術関係者に招かれて韓国の土を踏む。

ソウル大学の講演で沈氏は学生たちに、「韓国にきてさまざまの若い人に会ったが、若い人のたれもが口をそろえて三十六年間の日本の圧制について語った。もっともであり、そのとおりではあるが、それを言いすぎることは若い韓国にとってどうであろう。言うことはよくても言いすぎるとなると、そのときの心情はすでに後ろむきである」と薩摩弁で語りかけ、「あなた方が三十六年をいうなら、私は三百七十年をいわねばならない」と穏やかに結ぶ。

沈氏の考えは司馬さんと寸分違わないものであったろう。しかしこのごく当たり前の考えは大きなものにならず、未だに反日と嫌韓の声の方が強いのである。「故郷忘じがたく候」も『韓のくに紀行』と同様、発表されて四半世紀が経っているのに――、小説の声とはなんと小さく低いものであろうか。

私は時空を超越した感のある司馬さんとは違って、刹那を生きるしかない人間である。私が心底司馬さんを悼むことがあるとすれば、大振りの薩摩焼か青磁を司馬さんの墓前で叩き割る、そんな振る舞いを仕出かす、一瞬だ。先に書いた「怖いひとだ」という意味は、司馬さんは歴史に断ち切られた私に危うさを感じ取ったのかもしれない。私は両親が日本に渡ってきたときから、民族も歴史も失われたのだと考え、たいして祖国に関心を払わず、宙吊り状態のまま虚空を睨んでいる。このような生き方を司馬さんは一番嫌ったろう、いや、哀れんだろう。

韓国へ行くといった。

私の母方の祖父は一九八〇年に死んだが、ベルリンオリンピックに日本国籍で出場して金メダリストになった孫基禎氏と記録を争うほどのマラソンランナーであった。このことは母から聞いていたが、長い間私は信じなかった。調査の結果、事実だとわかり、私は祖父の足跡を追って旅をすることになった。私は生まれてはじめて、私の個人史のなかに足を踏み入れるのである。

司馬さんの二冊の本は、日本、韓国、どちらの視点から読んでも、相思い渓水に集い、共に遊ぶことが可能だと感じさせてくれる。いつか「歴史の清算」が果たされ日韓の新時代が訪れたら、そのときこそこの作品は紀行や小説を越えた歴史的な文献になり、ふたつの国でさらに高い評価を得るであろう。

保田與重郎

共に『en-taxi』の編集同人として名を連ねている福田和也さんに、この企画のお誘いをいただいたとき、わたしは福田さんに指名された意味について考え、しばらく返事に窮した。保田與重郎——、その名前自体がどうしても解くことのできない難問のように迫ってくる。締め切りに焦ってありあわせの言葉で彼のことを書くのは嫌だった。書くならば、彼のために初心の言葉を準備したかったが、そのためには全著作を読まなければならない。戦前・戦中は多作だったから量が多いし、「速読に耐へがたい」と思われるのでおそらく五、六年は要するに違いない。僅か三週間では到底無理と判断し、その旨編集長の壹岐真也さんに伝えたが、福田さんから直接メールが届いて、断ることができなくなってしまった。

京都を巡り、保田與重郎の終の住処を訪ね、典子夫人に逢い、墓前に参ったいまでも、「書くことはできない」という気持ちに変わりはない。こんなことははじめてなのだが、書きはじめて二日目の夜に、壹岐さんに「保田與重郎について書くことは、いまのわたしには重過ぎる。いくら読んでも、いくらワープロの画面と向かい合っても、一行も書き進められない。書こうとして書けなかったということについてのインタヴューで許してもらえないか」と泣きついたほど、辛かった。

はじめて保田與重郎と出逢ったのは、高校を退学処分になった十六歳の年だった。当時、わたしは精神科に通院していて、いつ自殺するかわからないということで、母と叔母と祖母に交代で見張られていた。

隙を衝いて家から飛び出し、別れた父が月々振り込んでくれている貯金のなかから十万円を下ろして神田の古書店街に行った。購入した本は二冊、フランソワ・ヴィヨンの『遺言詩集』と保田與重郎の『現代畸人傳』だった。

フランソワ・ヴィヨンの『遺言詩集』は以前からほしかった本だが、『現代畸人傳』は何故手に取ったのかわからない。背後に立っているなにものかに促されたように棚から抜き取ったのだ。帳場に座っていた店主の、平日の昼間に学校に行かないでなにをしているのか、盗むのではないか、という銀縁眼鏡越しの視線に堪えながら頁をめくり、買うことを決断した。

店主に「○をひとつ間違えてるんじゃないの?」と訊かれ、算盤を覗いて代金を確認した。「いいえ」と答えると、「ひとむかし前の学生さんみたいな本を選ぶんだね。いいよ、二冊とも読み終わったら持っておいで。同じ値段で引き取ってあげるから」といってくれたが、読み終えても手離すつもりはなかった。

そのころのわたしは、生きている作家の書くものを全く信用していなかった。生きている作家の本を手に取ったら、その作家の埃（ほこり）のような自意識や欲望でわたしの指まで汚れそうな気がした。

奥付は昭和三十九年九月、初版本だった。生まれる前に出た本だから、このひとはわたしが子どものころに死んだのだろうと安堵（あんど）して手に取り、親しみをもって読んだ。実際は、昭和五十六年十月四日に亡くなっているので、『現代畸人傳』を手に取った二年前だ。死者であったことには変わりないが、その年に三回忌が行われたばかりの、わたしの書棚のなかではもっとも新しい死者だった。

今回読み直してみて、彫刻を志している青年〈工藤君〉の章ははっきりと記憶していた。〈私〉が「彼が学生時代のアルバイトに、一番賃銀のよい仕事を求めて、戦争の死者を発掘した話に、ふかい感銘をうけた」という下りは、〈言葉　蒐集（しゅうしゅう）ノート〉に書き写していた。〈水気の多いしめつた地帯、鶯谷の近くと云つたが、そこで沢山の死体を掘り出した時、二年近くも経過した死体は、はちきれるやうに水分をふくんで、豊満に皮膚は張り、それがしかも透明で、その皮膚の下に血管や神経がすけて見えた。云ひやうもない美しさだつた。しかしこの世のものでないその美しさは、次の瞬間に頽れたさうである。あれより美

しいものを見たことがないと、彼はつぶやいた〉

（「大師匠殺身成仁辯」）

それから、わたしは十二年間、保田與重郎のことを忘れていた。再会したのは、『文學界』に掲載された福田和也さんの「保田與重郎と昭和の御代」のなかでだった。

〈その浅い眠りのさめぎはに、私は部屋の中央におかれた花瓶の、今朝がた看護婦の誰かが挿していつた向日葵の大きい花を、生々しいものに眺めた。切花が生きてゐるといふ印象は、この夜かぎりの、私のたゞ一度の不吉なむしろ不幸な記憶である。私はとつさに眼をそらしてゐた。しかしわが眼をうつした床の上には、その花の影が、まさしく黒々とうつつてゐた。その影をうつろに見てゐるうちに、形容しがたい怖しさが、初めて私の心を占めてゐるのにきづいた。一輪の花の描く影に、私はかつて思ひもよらなかつた無限に深い闇を、あり〳〵と見たのである。その闇は誘ふ闇であつた。しかもその中へ入つてゆくことが、何でもない自然のやうにも思はれた。（中略）今も依然として、その夜の心の回想に、己を失ひ、わが心はふるひ、血も骨も我身に背く思ひがするのである〉

（「石門の軍病院にて」）

福田さんが引用したこの一文にこころが凍った。終戦の日のことを書いて、これほど痛ましい文章は読んだことがなかったし、大輪の向日葵（ひまわり）の描く、無限に深い、誘う闇（やみ）は身に憶（おぼ）えがあるものだった。わたしは何度か闇に誘われるままに脚を踏み入れ、闇のなかを彷徨（さまよ）ったことがあるし、いまでもその闇は消え去ったわけではないから――。

二十代のはじめに書いて演出した戯曲『月の斑点』の第一部に『向日葵の死』という題名をつけ、同じ年に書いた戯曲に『向日葵の柩』という題名をつけた。演出をする際、舞台上に向日葵の影を現すために四苦八苦した。わたしにとっては、台詞よりも役者の動きよりも、向日葵の影が重要だったのだ。

平成十五年八月二十九日、わたしは保田與重郎文庫を十冊ばかり登山用リュックサックに入れ、タクシーで新横浜に向かった。新幹線のなかで、前夜読み終えたばかりの『日本の橋』を取り出し、アンダーラインを引いた箇所を読み返した。

〈日本の橋は道の延長であつた。極めて静かに心細く、道のはてに、水の上を超え、流れの上を渡るのである。たゞ超えるといふことを、それのみを極めて思ひ出多くしようとした〉

〈渡ること飛ぶこと、その二つの暫時の瞬間であつた。もののをはりが直ちに飛躍を意味するそんなことだまを信仰した國である〉

〈ものの終りにつなぎ仲介する橋は、彼岸に此岸を結び、あれとこれを同化させた。人間のみのもつ愛情の手だて、あるひは有形と無形との交通の形を示すものであつた。そしてこの冷たい愛情は常にものの終り、ものの別れゆかねばならぬところに具象された〉

〈越えてゆけ、急いで渡りゆけ、彼岸へ、もろびとのともに、と歌はれたのはわが國の大乗の空観の彩りをもつてゐる。その彩りの中では彼岸は以上であるなどとこと改めてとく

必要もなかつた〉

〈空をつなぐ道——まことに今日では道と呼ばれ、たしかにそれは人の拓いた道でなく、自然にあつた道らしい、海にもある道のやうに——その空の道よりも橋はたゞ古いゆゑに思ひ出の中で磨かれてきた〉

〈京都の現在の橋をあげると、三條、四條、五條、それに觀月橋、高瀬舟のなつかしい伏見の京橋。又は嵐山の渡月橋。御幸橋の名のあるこの渡月橋は十七の少女横笛が入水したところである〉

福田さんとともにいくつ橋を渡ることができるだろうと思いながら京都駅のプラットホームに降り立った。ワゴン車でいくつかの橋を走り過ぎ、そのたびに何という名の橋だろうと思ったのだが、わたしの思いを見透かされるのが恥ずかしくて黙って川を見ているふりをしていた。

高台寺和久傳で昼食をとったあと、修学院離宮に向かった。修学院離宮は、徳川幕府による干渉と束縛に憤り、三十四歳の若さで家康の孫娘とのあいだに生まれた七歳の娘（明正天皇）に天皇の座を譲った第一〇八代後水尾天皇が、譲位後に自ら設計を手がけた山荘だという。

ガイドの案内で松並木のゆるやかな坂道をのぼっていった。日陰はほとんどなく、白っぽい玉砂利の照り返しが強かったので、日除けの帽子を持ってこなかったことを後悔した。

道の左右には田圃がひろがり、稲の世話をする農民の姿が垣間見えた。後水尾天皇の時代から農民に土地を開放しているということだった。戦後、保田が「戦争協力者」「超国家主義者」「日本帝国主義の代弁人」などと糾弾され、櫻井に帰郷して「戦時中の徴用によつて荒廃させられた水田を復元して、そこへ米を植ゑ」、『祖國』に「農村記」や「正論」の連載を開始する四年ものあいだ「筆をとらない生活になじんで」いたことを思い、八月の陽光で眩んだ目を細め彼の影を捜した。

　粗樫、椎、椿、山茶花、皐月、八手、躑躅など数十種類の植物で拵えた大刈込が左右の風景を遮断し、わたしたちは上だけを見て石段をのぼった。のぼり切ったところに隣雲亭はあり、振り向くと、巨大な人工池、浴龍池を中心とした美しい庭園のみならず、右手の岩倉、鞍馬・貴船に重なって北山、左手遠方の愛宕山の下にひろがる京の街までもが用意されたもののように目の前に差し出されたが、わたしは水田で農作業を営むひとびとの姿を改めて眺めていた。後水尾上皇が、この風景に取り込むためにわざと農地を開放したことは明らかだった。

〈日本の神話では高天原の神々が、皇孫に稲の穂をことよさされ、これを植ゑて天上でしてゐたまゝを、地上のくらしとするなら、天上の風儀のまゝの至上の國が出来ると約束された。この神の約束が日本の建國の原因で、天皇は代々この神契を実行される中心である〉

（「二十年私誌」）

陽が傾き、車内が薄暗くなるとともにわたしの畏れは水位を増していった。佐藤春夫が「君は一つの詩をか、なくとも、このすみかを以って詩人たることを認める」といい、川端康成が「私はうらやましくて、しようがないんですよ。保田さんは、あんなとこ、どうして手に入れたんですか」といったという三尾山の身余堂に向かっているのだ。

わたしは申し訳なさでいっぱいで頭を深く垂れて門を潜り、なるべく気配を消して身余堂のなかに入っていった。

通されたのは仏間だった。仏壇の横にはひとの背丈ほどもある樒の枝が生けてあった。典子夫人と向かい合い、仏壇を背にして脚を折った瞬間、主が部屋に入ってくる気配を感じて畏れが極まった。

わたしは終夜亭と名づけられた書斎の仕事机のうしろに佇んで夢想した。あのころ、あのはじめて本を手に取った十五歳のころに彼が生きていたのなら、ここを訪ねてみたかった。——火鉢のなかでは炭が燃えているので、正座をしているわたしの脚はさほど寒さを感じない。彼は朝日をひっきりなしにくゆらせながら、語尾がくぐもる早口の関西弁でなにを語ってくれるだろう？　わたしはなにを訊ねるだろう？　話に疲れるとだれがいてもお構いなしに横になり肘枕をついたそうだから、わたしは彼を見下ろすかたちになるだろう——、鬱蒼と生茂る木立ちのあいだに夕陽が沈み、この家の灯だけが取り残されていった。

典子夫人はたったひとりで暮らしをつづけているのだ。伴侶（はんりょ）を亡くし、ふたりの息子を亡くし、彼らの記憶が染み込んだこの家で、日が暮れ、夜が明け、また日が暮れ、また夜が明け——、それを何千回とくりかえしているのだ。

わたしは三年前に伴侶を亡くした。彼の遺（のこ）したものを見るのはあまりにも辛かったので、全てを形見分けとして手放し（生々し過ぎて形見分けに成り損ねた、かといって処分もできないものだけが、生前彼がキャッシュカードや健康保険証などをしまっていたお菓子の空缶のなかで息を潜めている。病室で服用していた睡眠薬や痛み止めの錠剤、緑色の鈴がついたマンションの鍵（かぎ）、電気剃刀（かみそり）……）不動産屋にひと月後に解約すると伝えて手つづきを済ませていたのだが、知人に誘われて逢った霊能者に「いま引っ越したら、霊を祓（はら）うことになってしまいますよ。霊を祓って新しい人生を生きるのも悪くないですが、今年いっぱいそこに暮らせば、どこに引っ越してもあなたと息子さんについて行きますよ」といわれて号泣し、すぐに解約手つづきを取り消した。一年間なんとか堪えて鎌倉に引っ越したが、いっしょに暮らした街、いっしょに歩いた道、いっしょに滞在した宿に行く勇気は、まだない。

身余堂をあとにして、京都市街に戻った。

福田さんが京都を訪れたらかならず立ち寄るという千花（ちはな）で夕食をとった。

沖油目と桃ワイン煮ゼリー寄せ、諸子（もろこ）塩焼き・ほうれん草カレー風味添え、秋刀魚（さんま）とトマトのバルサミコ風味、蛸のカルパッチョ、鱧（はも）の温かいお造り、車海老（くるまえび）のマリネ、じゃが芋団子と松茸のお吸いもの、鯛としび鮪のお造り、白焼きの鱧寿し、生湯葉、鯛の塩焼き、豆腐となんば葛仕立て、茄子と焼椎茸のぽん酢風味、無花果・ミニアスパラ・枝豆の酢のもの、飯蒸し、フレッシュジュース。

どの料理もこころを浮き立たせるのではなく、こころを鎮める味だった。おいしいというところは決して踏みはずさないで、その先へ先へと進み、さらに先を目指しているような贅沢な味だった。

福田さん、編集長の壹岐真也さん、編集者の田中陽子さん、カメラマンの飯窪敏彦さんとで連れ立って、福田さん行きつけのBARサンボアで何杯か飲み、みなさんはブライトンホテルのBARに流れたようだが、わたしは部屋に戻って保田の本を枕の横に積み重ねた。千花の料理を食べながら保田の文章が頭にちらついたのだ。

〈まことに贅沢といふことは芸術の一つの要素である。あの金碧の障屏で埋められた智積院を見、そのかみの桃山を思ひ省みて私はいくどもくりかへしその嘆きに耐へないのである。求めてはゐない、しかしこの事実を一蹴しうるなら、私は過去を楽しみ未来を喜ぶことに意味もないと嘆かはしいのである〉

（「誰ケ袖屏風」）

翌朝はふたつの寺とひとつの庵を訪ねる予定になっていた。

最初は、木曾義仲と芭蕉の墓が並んでいることで名高い義仲寺だった。

敷地のいちばん奥の翁堂(おきなどう)に身を隠すようにして保田與重郎の墓はあった。観光客は滅多に気づかないだろうし、池から這(は)い出して木曾義仲の墓に張りついていた亀(かめ)や、芭蕉の墓のまわりで跳ねていた蛙(かえる)もここまではこないだろう、とても保田らしい場所だった。

福田さんは墓前に一歩二歩進んで手を合わせた。

わたしなどが墓前に参っていいのか迷いながら目を閉じ手を合わせたが、言葉をかけることはできなかった。

無名庵の座敷にはふたつ折りの屏風(びょうぶ)があり、西村英一(えいいち)、保田與重郎、司馬遼太郎の墨蹟(ぼくせき)があった。

「雲のゆき丶のいそかしき頃」。保田の文字だけが際立っていた。そして、義仲寺の山田司さんが身余堂文庫から出してきてくださった掛軸が床の間にかけられた。「去来翁　いなつまや　誰か傾城と　かり枕」。わたしは正座していた腿(もも)の上で何度もその字をなぞり、これはやはり空で手習いした字なのだなと得心がいった。

〈私は非常に閑があつたので、空に字をかいて手習ひをしてゐた。空にかく字はすうつと空に消えてゆき全く気持ちよい。この時ほど本気で字をかくことを習つたことはなかつたからだ。それには筆墨も手も腕も必要はなかつたからだ。その時目をつむつてかくといふことに私は気づかなかつた。それは長谷川の上流の谷あひの空があまり美しかつたから、とても目をつむることなど出来ない。私は青い空に小さい字をかいてゐた。その時目をつむるといふことに慣れてをれば、三山先生晩年盲ひられるころの筆蹟や、わが年来の旧友老大人の目を閉ぢてかかれる合目の書のまね位を獲たかもしれぬと、このごろになつて気づいたことである〉（『日本の文學史』序説）

（川端康成のかの有名な「仏界易入　魔界難入」を見せていただき感じ入ったのだが、保田から離れてしまうので、いつか機会があったら触れたいと思う）。

　つぎに訪れたのは、保田が「数多いわが文学史上の名所の中の名勝である。それは去来の風格に加へて、こゝで芭蕉が『嵯峨日記』を誌したといふことが、名勝にさらに光彩を加へてゐる」と評した落柿舎（らくししゃ）だった。

　隣接する有智子（うちこ）内親王の御陵を詠んだ昭憲皇太后の歌碑が、保田の字で刻まれていた。

〈加茂川のはやせの波のうちこえし　ことばのしらべ世にひゞきけり〉

「まったく、昭憲皇太后の歌碑なのに、ちっとも改まったところがない。大小のばらつきは激しいし……滅茶苦茶（めちゃくちゃ）なひとだ」と福田さんがいった通り、生き物のように跳ねたり寝そべったり立ちあがったりしている、保田にしか書けない文字だった。その字を見ているうちに、「日本に祈る」の序文が耳のなかで声として蘇（よみがえ）り、鼓膜が震えるのを感じた。

〈眼ハ半バカスカニ開キ、唇ハ半バカスカニ閉ヂテ、彼方トホクヲ思ヒテ、永遠ニ眞向ヒ、ツブヤキ止ムマジ。来ルモノヲ引寄セテ呟ク声ハ、余ニシカト聞エクルゾ。誰ニモワカラ

ヌ言葉デ、必ズワカル如クニ、汝ハ呟ク。紙無ケレバ、土ニ書カン。空ニモ書カン〉

保田が伝えようとしているものは言葉でしか浮かびあがらないものだけれど、決して言葉に留まらないもののような気がする。目の前をよぎった鬼火が闇に引いた線のように、照らすのでもなく、燃やすのでもなく、こころのいちばん暗い部分で残光として尾を引き、一度でもそれを目にしてしまった者は、その再来も畏れながらも待ち望み、それがふたたび現れたときにはただただわななくしかない。

最後は苔寺と称されている西芳寺だった。

――一面の苔。その一面というのが想像を絶している。池があり、池をめぐる小道があり、池のなかには島があり、橋がかかっている――、そのすべてが苔に覆われているのだ。池のなかに配されている石も、池の脇の石垣も、船着跡も、木の小舟も、池の水までもが苔を映して緑色に染まっている。石と樹と水が同じ色をしているのだ。なんという美しさなのだろう。喉の奥でごくりと音がした。美しいものを目にして唾を飲むのは生まれてはじめての経験だった。

門をくぐって石段をのぼっていくと、枯山水庭園だった。その一帯はかつては厭離穢土寺と称され、渡来人秦氏一族の墓が密集していた場所だということはあとで知ったのだが、千五百年も前に亡くなった渡来人の魂が苔のなかからすうっと立ち現れても不思議ではないような冥土の静けさが張りつめていた。「墓を崩してつくったんですよ」と枯山水石組を指差した福田さんの顔からは表情が失せていた。

それから、わたしたちはだれかの柩を負っているようにしずしずと黄金池のまわりを歩いた。苔の上に落ちている油蟬の骸の傍らの苔むした大木の幹には蟬の抜け殻がしがみつき、その木の天辺からジージージーと鳴き声が降ってきている。苔が足から這いのぼりからだじゅう苔で覆われていくような感覚に囚われ、一歩、一歩、眠気に抗って歩を進めていった。雪山で遭難したひとを襲う睡魔とはこのようなものなのかもしれない。許されるならば、油蟬のように苔の寝台に横たわり、そのまま眠ってしまいたかった。

すると、「このうへもないもの、このうへもない世界の中で、おのれといふものは忘れられてしまふのである。全く無なのである」という保田の言葉で眠気が払われ、「君が代」が弔歌のように苔に染み透っていった。君が代は　千代に八千代に　さゞれ石の　巌となりて　苔のむすまで。

わたしは一度も「君が代」をうたったことがない。在日韓国人としての反抗ではなかった。うたえることなら、皆と声を合わせて紛れてしまいたかったが、どうしてもうたうことができなかったのだ。この短い詞が一音一音引き延ばされるようにうたわれているあいだ、わたしは脂汗を額に滲ませ自分の足先を凝視しながら、だれにも気づかれないようにと念じていた。

〈尋常な國民のこころの底には、國の思ひが流れてゐる。これが國民といふ名分であり資格である。それは一朝一夕にうちたてられた理論や、與へられた主義ではない、久しい間の習俗として行事として藝能として習慣として、又日常生活の躾として、全生活の末端にまで及んだ血管と神経である。日本と云ひ、日本人と云ひ、愛國の心といふものは、単に知的なものでなく、情緒となり感覚となり日常生活となつたものである。尋常の人々の心では、最終的に土着の思ひといふものは消滅し得ず否定し得ない〉（『述史新論』）

わたしには「國の思ひ」が流れていなかったのだ。「君が代」をうたっていたすべての教師や生徒のこころに「國の思ひ」が流れていたとは思えないが、すくなくともわたしの内にはその水音は聞こえなかった。

わたしは日本人ではない、ものごころついたときから漠然と思っていたが、二十七歳の初夏に、母が生まれ、わたしの名づけ親である祖父が生まれ育って亡くなった密陽（ミリャン）を訪れたときにその思いを強くした。そしてそのとき、遥（はる）かむかしに密陽がミリ平野（ボル）と呼ばれていたことを知って、涙があふれて止まらなかった。祖父はなにも説明してくれなかったが、故郷から遠く離れた異国の地で生まれた孫娘に故郷の名を与えたのだ。

いま、わたしは「わが内臓の中に象られた國土山河の地理と、血を形成する悠久の生命の歴史」に耳を澄ませて、朝鮮の歴史を書いている、日本語で――。生まれてはじめて声にした言葉も、感情とともに滲み出る言葉も、思いをひとに伝えるときの言葉も、息子に教える言葉も、日本語でしかあり得ないのだ。

ここまで書いて、いま気がついた。わたしは保田與重郎にこの矛盾を問いたかったのだ。わたしのこころの底に流れている「國の思ひ」は朝鮮のものです。でも、朝鮮文学はわたしにとって「外國文學」にしか過ぎず、「なつかしい血のつながる文學」は日本語で書かれたものなのです、と――。

苔むした土橋を眺めて、わたしは橋の上に佇んでいるものではなく、橋そのものになりたいと願った。「たゞ道より橋は新しく、つねに橋は道の果に、以上へのためにあつて、流れを越えるものであつた」。

福田和也

先日、松本修さんの『城』(カフカ)を観に行った。

観劇後、アジア無国籍料理の店で安ワインの盃を重ねているうちに、互いの近況に話が及んだ。

「あの、福田和也って評論家とはどうなってるの？　なんか不思議な関係だよね。一時期、駄目だったでしょう？　最近はなんか雑誌をいっしょにやってるみたいじゃない」

「……仲違いして仲直りしたっていうのとは違うんですよ。『en-taxi』の編集同人として名を連ねてはいるけど、年に数回逢うだけだし、ある種の緊張が常にあるというか……でも、それは性格が合うとか合わないとかのレベルじゃなくて、もっと本質的な緊張で……緊張を距離といい換えてもいいと思うんだけど、福田さんとわたしの距離は、十二年前に出逢ったときから変わってないんですよ」

わたしは、わたしにとっての福田和也さんの存在を説明しようと試みたが、うまくいかなかった。

「ふぅん、そっかぁ……」

かつて『魚の祭』を引っ提げて、北海道、東京、名古屋、大阪をまわり、稽古期間を含めると半年に亘って同じ釜の飯を食った演出家は、不満そうな顔でパッケージが新しくなっていたマルボロライトに火をつけた。

役者たちが近くの居酒屋で待っているというので、松本さんとは店の前で別れ、タクシーで雨あがりの甲州街道を走った。

——あのとき、わたしは伴侶である東由多加を亡くし、生後三カ月の息子を町田康・敦子夫妻に預け、生き死にを迷っていた。ある夜、東の遺骨とともに昼夜の区別がつかない日々を過ごしていたわたしの精神状態を案じた新潮社の担当編集者の（『日本人の目玉』の担当でもある）中瀬ゆかりさんと小学館の担当編集者の飯田昌宏さんが訪ねてきて、吞みに行こうと誘ってくれた。東をひとりきりにして外出するのは気が引けたが、「たまには息抜きしないと、おかしくなっちゃうよ」と中瀬さんがいうので、三人で西麻布に向かった。

なにを話したのかは憶えていない。席について、吞む酒を決めて、メニューから顔をあげた途端、焼場の待合室でもこのふたりがとなりに座っていたことを思い出した。すると、背後の闇に残してきた遺骨が、生き生きとした死となって目前に迫ってきた。

「……福田さん、最近どうしてる？　話してみたいな……」

自分のつぶやきが胸に落ちた。

当時、福田和也さんとは、『ゴールドラッシュ』をめぐって齟齬（そご）をきたし、一年間に亘って音信不通だった。

福田さんとの対話は、互いの書いたものに踏み込みながら、互いの生そのものに指を伸ばすような言葉のやりとりである。

わたしはきっと、福田さんと対話することで、書くことに向き直りたかったのだと思う。

わたしの言葉が中瀬さん経由で通じたのかどうかはわからないが、数カ月後にＰＨＰの丸山孝さんから福田さんとの対談の依頼があった。

ちょうど『8月の果て』の取材をしている最中だった。

わたしは書いた後より書く前に、福田さんと対話したいと思う。出来あがった小説について話をするよりも、なにを書くか、あらすじはおろか輪郭すら浮かんでいないときに、福田さんと対話することによって視界がひらけ、石で塞（ふさ）がれたトンネルのような物語の入口を見つけることができる気がするのだ。むろん、出口は暗闇のなかを一歩一歩進んで、手探りで見つけるしかないのだが――。

わたしは福田さんとの対話によって『8月の果て』のスタートラインに立つ覚悟ができた。つまり、「けして行きつくことのない故郷への帰還」（『日本の家郷』）を試みるしかなく、目指す方向は祖父と母の生まれ故郷である〈密陽〉ではなく〈空無〉だということを――。

残念ながら、『8月の果て』はわたしの小説のなかで最も売れなかった（初版止まりだった）し、一部で高い評価を得たものの、文学賞のようなものとは無縁だったが、福田和也さんが評価してくださった――、わたしの死後、ほかの小説については自信がないが、『8月の果て』は柳美里の代表作として細々とでも読み継がれるのではないかと信じている。

福田和也さんとわたしは、近くも遠くもない一定の――もっとも互いの姿が見える――距離を常に保っている。そして、見る、見られるだけではなく、見たいと思ったことのない絵画でも、知りたいと思ったことのない人物でも、読みたいと思ったことのない小説や詩歌や評論でも、福田さんの作品を読むと、いま、わたしにとって、いちばん重要なことは、それらの作品や人物に出逢うことなのではないかと、目の前に突きつけられる。

その絵には、一面にたんぽぽの葉が飛んでいる。

水の影から現れた丘のようなシルエットの手前に、それらの赤、青、黄の葉が、小さい鬼のように、あるいは陽気な魂のように、水色の闇の中を、身を振り、屈するように、また跳ねるように仰け反らせながら、乱舞している。

　鮮やかな白い滲みが、青い闇のなかに、綿毛のように、ぽつぽつと、浮かんでいる。

（中略）

　はじめは、跳梁する小鬼たちや、行き場のない樹木の霊魂たちの脅しのように思われていた不吉さが、画面を凝視している私の身体の底で、その恐怖が透明な凶々しさに変わる。変わる音がする。

　画面には、ところどころに、白い空白がある。ごく小さい、柑橘類の一粒のような、堅く鮮やかな白さ。それは、尖った刃につけられた傷のようにも見え、また凍えた何物かの痕跡のようにも見え、あるいは広がっていく滄さの、あるいは恐ろしさの種子のようにも感じられる。（中略）

「みよしさん」の絵に、ありありと感じる洲之内の眼は、開いている眼ではなく、むしろ閉じられている。私が生き生きと感じるのは、洲之内の光る眼球ではなく、むしろ深くふさがれた瞼なのだ。

　塞がれたその瞼の中で、じかに、洲之内は「みよしさん」の絵を見つめている。見ない、という事の酷さが「みよしさん」を駆り立てている。

わたしはこの文章を読んで衝撃を受けた。打ちひしがれ、敗北感を味わったといっても過言ではない。何度読み返しても、はじめて読んだときの衝撃がいささかも減じることなく迫ってくる。ここだけではなく、『日本人の目玉』は最初の一行から最後の一行まで、現存する（わたしを含めた）小説家のほとんどが敵わないのではないかと思うほど、ただごとではない美しさを湛えて香気さえ放ち、対象を評価し論ずることによって対象に依拠する自称文芸評論家どもとは決定的に異なり、対象と競り合うというよりもっと際疾い、刺し違える一瞬のうちに、刺す者と、刺される者が、自分の目玉に映る相手の目玉を認めるしかないような文芸評論だったからだ。

そして、「壊れてしまった」みよしさんの目玉、「復員しなかった」洲之内徹の目玉、「『何者でもない者』でありつづけた」青山二郎の目玉、「『生』を写すという意味での『写生』」をつづけた正岡子規の目玉、「『栄えるのも結構である。亡びるのも結構である』と自らの滅びを眺め」た高浜虚子の目玉、「語るに忍びない」「救いを希求しつつ、救われない末路へと邁進して」いった尾崎放哉の目玉、「救い」光景を含めて、「すべてが美しい」と肯定した九鬼周造の目玉、「思考の一瞬、一瞬、書きつける一字一字が、彼方に外ならなかった」西田幾多郎の目玉、「自らが劇をなし得るという、確信」を持っていた三島由紀夫の目玉、「自らの意志で理性を失い」「みずからを天来の無縫者として示」した坂口安吾の目玉、「主体と客体、自分と他者、現在と過去、原因と結果というあらゆるけじめを押し流」した川端康成の目玉、「『べき』、『ため』を逃れた主観を、つまりは『宿命』の姿を、場面として造形する事によって、伝えられる物へと転換」した小林秀雄の目玉が、福田和也の目玉に集約して、わたしの内に深く食い込んでくる。それは、視線や眼差（まなざ）しのような逃れる余地があるものではなく、「見つめる対象を、叩き、壊し、そして流す、量子と宇宙を、見る物との近さにおいて貫く一撃」なのである。

　わたしは、町田夫妻のもとから息子を引き取って、東由多加の遺骨とともに暮らしはじめたころのことを思い出す。

　わたしと息子は同じマットレスの上で寝起きしていた。朝、目覚めるとまず、上体を起こして、首もすわらない赤ん坊だった息子が生きていることを確かめる。息子はかならずといっていいほど既に目覚めていて、部屋のなかにいるたったひとりの生きものであるわたしを見る。これを見たい、これを見なければならない、という欲望や思考や意志とは無関係に、見る。その目玉の対象になってしまったことの恐怖――、その目玉に見られることによって、自分の顔に嵌（は）まっているふたつの目玉を異物として意識してしまうことの恐怖――、それは白布にくるまれた骨壺（こつつぼ）のなかからわたしを凝視しつづける東の眼差しにも匹敵するほどの恐怖だった。

　ただ私が示してみたいのは、歴史的な文脈や、あるいは海外の思潮との影響関係、理論構成のパターンといった物事と離れた、それらの意匠を引き入れ、活用し、変形してみせる以前の、発想や視線に先立つ、呼吸や視線そのもの、より明確にいえば、見る事以前に在ってしまう、現れてしまう目玉にかかわる何事か、である。

福田和也さんとわたしは、生きているあいだは、いまある距離を縮めることも広げることもしないだろう。わたしは、福田さんの言葉を借りれば、福田さんの「致命的な他者」として存在し、「否応無く自らを踏み越え、月並として取り残す革新を要請する」作品を書きつづけたい。

そして、死んでからは、ふたつの目玉として、干渉（interference ふたつの波動が同一点に会したとき、同位相では互いに強め合う）し合えれば、と願っている。

前田司郎

『愛でもない青春でもない旅立たない』が、前田司郎の処女小説だということを知って、かなり驚いた。

はじめて小説を書くのだという気負いや力みのようなものが一切なかったからだ。言葉が水のように、脳から指先に滴り落ち原稿用紙に滲み出てきた——、著者が出逢った事や者や風景を小説のなかへと導き入れたのではなく、事や者や風景のほうから小説に流れ込んできた——、そんな感じがした。

正直に告白すると、これは（わたしには）書けないな、と思った場面がいくつもあった。たとえば、「目黒川の川幅いっぱいに巨大なコンクリートの船が上ってくる」場面で、主人公は人生はじめての重労働である石運びをしながら、「握力がなくなる。太モモがパンパンになる。怒りと悲しみがわいてくる。そんな時、罵声でもかけられれば救われるのだが、僕とペアを組んだオッサンは意外と優しくケアしてくれるのだった、僕は自分が下卑た存在に思え、さらに悲しくなった。オッサンの胸で泣きたい気持ちになった。まなみの事を思い浮かべたりした。いつの間にか元宮ユキのことを思い浮かべていた」となるわけだが、主人公の感情を風景に反映させているのではなく、感情と風景が同時に動いていくような情景描写で、思わず余白に「タダモノじゃない」と書き込んでしまった。鳩にえさをやろうとして「傍から見ると中学生の部分より鳩の部分の方が多く占めている」ような状態になってしまった「羞恥のどん底にいる」修学旅行生の男子を、「僕」と元宮ユキと山本は笑うのだが、それぞれの笑いをそれぞれに爆発させそれぞれに収束させる場面も「タダモノじゃない」と思い、蛍光マーカーで線を引いて真っピンクにしてしまった。

「セックスしてしまえば面倒なことになる」と逡巡しながらも、元宮ユキの部屋にはいる場面では、ドライヤーの音や「小さい、ごく小さい呼吸音」を聴き、洗い立ての髪のにおいを嗅ぐ「僕」のからだを自分のもののようにリアルに感じたし、「僕」が石工親方の森本さんに飲みに誘われて焼肉屋に行く場面では、「僕」と森本さんと中国人店員の会話そっちのけで、生焼けだったり炎上したりする網の上のホルモンが気になって仕様がなかった。

でも、いちばん好きなのは、冒頭の夢の場面だ。

地面に開いた穴に小枝を刺そうとしていた「僕」の前に、見知らぬ少女が現れる。少女がスカートのポケットから出した折れ曲がった釘を、「僕」は受け取る。

「釘を穴に突き刺す。ゆるくカーブした釘はカーブの頂点で一度穴に引っかかったが、押し込んでやると、根元まで地面に埋まった。そこにぴったりと。釘の頭は地面で銀色に光り星みたいだった」

無意識の領域で「僕」を見ているたったひとりの観客である少女——、読んでいると、知らないうちに、夢のなかの少女の視線を感じる。その視線によって、わたしは地面の穴に釘をさす「僕」となり、いつしか「僕」といっしょに五反田の街を歩きまわっているのだ。

処女作にはその作家のすべてが含まれている、とよくいわれるが、前田司郎は、自分のこころの動きを、自分が持つ意識を超えたところ（無意識の領域）で捉えようとし、それはほぼ成功しているので、読者は読むという行為を通して、前田司郎を丸ごと体験することができる。

このような至福の読書体験をさせてくれる前田司郎という作家は、やはり「タダモノじゃない」と、わたしは（だれがなんといおうと）断言する。

ここからは、ちょっと膝を崩し、前田さん、でいかせてもらいますね。

前田さんとは二度ほどお酒をごいっしょしたことがあります。

二度とも楽しいお酒で、前田司郎というひとと、五反田団のメンバーを大好きになったんですが、生来の引っ込み思案に祟られて、二〇〇八年一月、前田さんが岸田國士戯曲賞（ほんとうに我がことのようにうれしかったんです）を受賞したとき、お祝いの言葉を直接お伝えすることも、授賞式に参上することもできませんでした。たった二度飲んだだけの間柄なのに、友達気取りではしゃぎまわったら迷惑なのではないか、と思ったからです。

そして、二〇〇九年五月、前田さんは『en-taxi』に掲載された『夏の水の半魚人』で、三島由紀夫賞を受賞しました。

『en-taxi』は、創刊した二〇〇三年から四年間にわたって編集同人を務めた思い入れのある雑誌です。『en-taxi』にとっても、前田さんにとっても、快挙としかいいようのない慶事だったのですが、いろいろと複雑な事情があり、またしてもお祝いに駆けつけることはできませんでした。

だから、『en-taxi』に掲載された〈32年分の自筆年表〉を見たときのうれしさといったら――。

なんと、二〇〇七年の最後に〈柳美里さんと友達になる〉と書いてくださったのです。

わたしは、すぐに前田さんに御礼の葉書を書き、数日後に返信が届きました。

ネロとパトラッシュの銅像の絵葉書――。

〈柳さんと飲み明かした京都の夜をいつも楽しく思い出します。この葉書はベルギーに旅公演に行った時に、これで柳さんに手紙を出そうと思って買いました。また是非、一緒に

飲みましょう‼〉

前田さんは、『愛でもない青春でもない旅立たない』についてのエッセイで、「僕は小学校四年生の時に小説家になろうとぼんやり決めた」と書かれていましたが、わたしも同じころに同じように思い、小学校の卒業文集の「将来の夢」には「小説家になる」と書きました。

小学生だったわたしは、鉛筆を握って真っ白な原稿用紙に対う瞬間、刃物を握っているかのように心臓が高鳴るのを感じました。

いまでも、なにも書いていないワードの画面に対うと、あのころと同じように心臓が高鳴り、現在の自分が正午の影のように縮み、あのころの自分と重なるような気がします。たとえ、あのころの写真が一枚残らず色褪せて、わたしの髪が一本残らず白髪になっても、その感覚は変わらない気がします。

あぁ、そうか、『愛でもない青春でもない旅立たない』というのは、時間の外にいる、ということなのかもしれませんね。

生きている者はだれしも時間から免れることはできないからこそ、時間の共犯者にはならない――。

「作家は処女作に向かって成熟する」ともいわれているようですが、わたしは死ぬまで、処女作に対ったときのような心持で、新しい小説を書きつづけたい、と思っています。

成熟しない。

旅立たない。

でも、それはきっと、青春が永遠に去らない、ということなんでしょうね。

前田さん、また、飲みましょう。

土方正志

土方（ひじかた）さんと出会って、いろんなことをお願いしたし、お願いもされた。

わたしは土方さんからのお願い事は全部受けてきたし、土方さんも受けてくださった。

わたしは、自分の出来ないことや苦手なことを、出来ることや得意なこと以上に大事にしているので、たいていの人からの依頼は、出来ない理由を説明した上で丁重にお断りする。

わたしは、お願いすることが大の苦手である。

比較的ものを言いやすい夫に対しても、お願いするよりも自分がやった方が早いし、お願いをするという心理的プレッシャーがない分気が楽だと思い、（大嫌いな台所仕事以外は）お願いせずに、自分でさっさとやってしまう。自分に時間的余裕が全くなく、お願いをするというプレッシャーよりも、出来ていないというストレスが上回る時のみ、「きみ、ちょっと悪いんだけど、さぁ」と前置きしてお願いする。

なにが言いたいかというと、わたしは土方さんからのお願い事を、義理じみた縛りで受けたのではないし、わたしは気安くお願い事が出来ない性格なので、土方さんにお願い事をしているのは、かなりレアなケースだということはなかったのである。

何故なんだろう？　と立ち止まって考えることはなかったが、『瓦礫から本を生む』を読んで、わかったような気がする。もちろん、本書は土方さんにお目にかかる前にも読んでいたのだが、改めて読み返してみたら、土方正志という人の地の部分の優しさがすうっと胸に入ってきた。

優しさ、というのは、難しい。

優しさは往々にして、優しい人に見られたいがための演技だったり、人と接する時の安全弁だったり、ただのお節介を優しさと勘違いしていたりするから、わたしは、優しさめいたものに辟易することが多い。

でも、土方さんの優しさは、おそらく淋しさ由来だから、滲みる。

土方さんに淋しさを植え付けたのは、土方さんが生まれ育った北海道なのではないだろうか。

日本では（韓国でも）自分という存在の来歴である家系図に愛着を持っている人は多い。北海道人の多くは明治時代以降にどこかからやってきた人たちの末裔である。江戸時代の先祖が暮らしていた場所を特定するのは、かなり難しい。家系の源を辿れない人は、北海道以外の地域にも数多く存在するが、北海道人の意識は他地域の人のそれとは異なり、人生の連続性を根底から信じていないところにあるのではないか。北海道が都道府県別離婚率で常にトップ争いをしているのも、来歴の途絶と、家族や親戚（しんせき）のしがらみが少ないということが影響していると考えてよいだろう。

「地縁・血縁にあまり縛られることのない北海道人にはコミュニティ感覚が希薄だ」という土方さんの言葉を読んで、開拓者として全国各地から入植した北海道人と、朝鮮半島から流れてきた在日韓国・朝鮮人は、地縁血縁が少ない「よそ者」だという共通点があるな、と思った。

わたしが暮らしている福島県南相馬市小高（おだか）区には、相馬中村藩の菩提寺（ぼだいじ）「同慶寺」がある。いわき市出身の田中徳雲住職は、法話の最中にこんなことを話した。

「わたしの父に小高の寺の住職になると言ったら、ひと言、『北に行くと人間関係で苦労するぞ』と言われました。そんなに大変なんだろうか、と思ったけれど、やっぱり大変でした」

いわき市よりも南に位置する神奈川県鎌倉市から南相馬市に北上したわたしは、この地でコミュニティの閉鎖性と排他性を感じたことが一度もなかったので、住職という立場だと風当たりが違うのかなと思っていたが、おそらく土方さんが書いている通り、わたしの方のコミュニティ感覚が希薄だったから感知出来なかっただけなのだろう。

土方さんは、こう続ける。

「仙台でも東京でもコミュニティの力を感じることはなかった。いや、そもそも感じるセンスを持っていなかったのかもしれない。それをはじめて見せつけられたのが神戸だった」

土方さんは、阪神・淡路大震災の直後から神戸に通っていた。フリーライターとして報道する立場だったとはいえ、「まずは五年」と心に定めたというのだから、尋常ではない。

死者一万五八九七人、行方不明者二五三三人を出した東日本大震災でも、一年も経たないうちに、東京のマスコミ関係者の中からは「津波や原発ではもう視聴率が取れない」「被災地ものの本は売れない」という声が聞こえてきた。

「まずは五年」は、もはや取材ではない。

南相馬臨時災害放送局で「ふたりとひとり」というラジオ番組の聴き手を六年間務めたから、よく解る。

東京から「被災地」にやってくる多くの取材者は、「取材」という言葉の通り、記事や映像のための鮮度の良い「材料を取る」ことしか考えていない。材料として欲しい話を可能な限り短時間で訊き出し、「被災者」がやっとの思いで声にした悲しみを持ち帰り、視聴者や読者好みの形に切り刻んだり捻じ曲げたり調味料で味付けしたりして手早く調理を済ませ、皿にのせる。

土方さんは、取材によって「被災者」の悲しみの尊厳が傷付けられていることを知っていたから、欲しい話を訊き出す取材ではなく、ただ話を聴くという行為によって、傷付き悲しんでいる人と具体的な関わりを持ちたかったのではないか。

わたしは、インタヴューで必ず同じ質問をされる。

「ふたりとひとり」という番組を六年間続けた理由、「青春五月党」を再結成して『静物画』『町の形見』『ある晴れた日に』という三本の戯曲を東北で上演したことの理由である。

その理由は、土方さんが過不足なく答えてくれている。

「東北が、三陸沿岸の町や村が『壊滅』したのだそうである。そして、今度は『復旧』や『復興』しつつあるのだそうである。そうではなくて、『再生』や『再建』や『再興』するのだそうな。いやいや、『新』たに生まれ変わらなければならないのだなどという話もある」

「どうしても東京発の『復興』への違和感が消えない。『復た興す』でいいのか。ならば『復た』とはなにか。そもそもあれだけの破壊に『復た』は可能なのか。『復た』を口にする前に『いままで』がどうだったのかを知らねば画餅のごとき『復た』でしかないのではないか。時間的スケールをたっぷり取って『いままで』の過去や歴史を知るべきではないか」

『瓦礫から本を生む』は、土方さんの顔がよく見え、土方さんの声がよく聴こえる本である。

三陸沿岸のとある町の仮設住宅に「お茶っこ飲み」に現れるおばあちゃんの幽霊の話は、目で読むというより、土方さんの語りを聴いているようだった。

「いやあ、あのばあちゃん、自分が死んだってわかってないんだべな。まだ生きてるつもりでお茶っこ飲みさ来るんだべ。あんたもう死んでんだよってわざわざ教えるのもなあ。んだから、なにごともなかったようにお茶っこ飲ませて帰してやってんだ。そのうち自分でわかるべ」

この話を聴いた時の土方さんの顔が浮かぶのである。

土方さんは人の話を聞き流さない。

ひと言ひと言に反射するような聞き方でもない。

独特の間合いで、柔らかく受け止める。

だから、どんなに深刻な話をしていてもぴんと張り詰めることはない。むしろ、話しているうちに緩(ゆる)んでくる。弛緩(しかん)とも違う。土方さんの間合いは共感となって、二人の間に中庭のような居心地の良い場所を生み出す。

計算や技術では、中庭は生まれない。

話し手と聴き手が、声と沈黙によって結ばれる時だけ、両者の間に二人だけの同じ場所が開けるのである。

荒蝦夷の初代アルバイトの須藤文音さんの「サンマリン気仙沼ホテル観洋」で行われた結婚式の話でも、新郎新婦の顔や一二〇人の参列者の顔よりも、土方さんの顔が浮かんで仕方なかった。

顔と言っても、眼差しや面差しではなく、淋しさの水溜りのような顔である。

「笑顔の向こうに自分の知るあの人やこの人を思い浮かべて、彼が、そしてみなに縁あるすべての死者がここにいた」

土方さんは、目が線になる笑い方をする。

それは、そのまま泣き顔になることもある。

『瓦礫から本を生む』を読んで、震災後に心労で体を壊してしまったことを知った。

土方さんは、糖尿病を患ってから、ずいぶん痩せてしまった。

アルコールも炭水化物もストップがかかっているというから、酒席では気の毒だ。

でも、「今日はいいや」と何度か呑んでしまっているのを目撃している。

「土方さん、だいじょうぶなんですか?」と冗談めかして言うしかないのだが、ほんとうは、とても心配している。

「だいじょうぶだいじょうぶ、今日だけだから」と、土方さんはとてもおいしそうにお酒を呑む。

初めて会った時は違ったのに、現在、土方さんもわたしも本屋の店主という肩書を持っている。

本屋を開いて、客を待っている。

お金儲(もう)けのためではない。

ひと言でいうと、他者のためである。

いつも他者から出発して、他者へと向かっているから、自分に素通りされる自分は、いつも淋しい。

でも、淋しさがなければ、小説を書いたり、戯曲を上演したりして、言葉やイメージに姿を変えて、他者の中に住まおうなどとはしないだろう。

と——、土方さんの話をしていたら、いつのまにか自分の話になっていた。

なにはともあれ、わたしは、これからも土方さんにお願い事をするだろうし、土方さんからなにかお願いされたら、断ることはないだろう。

土方さんとは、根っこの部分が似ている。

淋しさに根差しているところが、似ている。

さみしいですね、土方さん……。

和合亮一

二〇一一年四月二十一日、わたしは六時間後に「警戒区域」として閉ざされる夜ノ森の桜並木の下を歩いていた。

富岡町の住民は既に避難を終えて、桜は満開なのに、その下を歩く人はひとりもいなかった。

わたしはそれまで「お花見」というものをしたことがなく、あれほど、心ゆくまで桜を眺めたのは生まれて初めてだった。

時間は限られていたのに、一秒一秒が長かった。

夜ノ森から浪江駅、浪江小学校、請戸港、とわたしは巡り歩いた。

最後に向かった東京電力福島第一原子力発電所の正門前で、全面マスクで顔を覆っているせいで若者なのか年寄りなのかすらわからないガードマンに、「そんな格好で歩いてちゃ危ないですよ」と言われたくぐもった声を今でもはっきりと憶えている。

わたしの放射線防護装備は、コンビニエンスストアで購入した透明ビニールのレインコート、シャワーキャップ、花粉予防のマスクで、応急措置とも言えないお粗末なものだった。

枝野幸男官房長官はこの日の午前中の記者会見で、二十二日午前零時をもって東京電力福島第一原子力発電所から半径二十キロメートル圏内の区域を災害対策基本法に基づく警戒区域に設定すると発表した。「これにより、緊急事態対応に従事される方や市町村長が一時的な立ち入りを認める場合を除き、当該区域への立ち入りが禁止される」と――。

わたしは、刻々と午前零時に近づいていく二十キロ圏内を歩きながら、時折ポケットから携帯電話を取り出しツイッターのタイムラインを見ていた。

「私たち人類は、3・11の傷の隣に、4・22の傷跡を持ってしまった」

和合亮一の詩だけが、わたしの心臓のすぐ近くで脈打っていた。

「午前零時より、第一原子力発電所、20キロ圏内。立ち入り禁止警戒区域指定。踏み出せない一歩の足の裏が、あなたの故郷を歩いている」

わたしは踏み出した一歩の足の裏で、故郷という言葉の意味を感じていた。

大きな悲しみや苦しみに出遭(であ)って言葉という言葉を失った時、忘却など出来るはずがない、と思う。でも、生きていれば、日々の暮らしの中でその記憶は薄れ、変容していく。忘却によって、自分の悲しみや苦しみを裏切っているような気もする。その後ろめたさが呼び水となって、沈黙が言葉に姿を変えて浮かび上がってくることもある、わたしの場合は――。

けれども、和合亮一の『詩の礫』は、忘却めがけて打ちつけられ、そのいくつかは忘却の的を突き破っている。

『詩の礫』、『詩ノ黙礼』を読むと、わたしは、二〇一一年四月二十二日午前零時の悲憤に引き摺り戻される。そして、わたしの足の裏に「警戒区域」に向かって踏み出した感覚が蘇る。

七年が経った。

この七年間のわたしの足跡は、ここでは書かない。

ただ一つ言えるのは、一歩を踏み出したあの時から、体の向きを変え得ない必然性の中にわたしは身を置いている。

この春、わたしは旧「警戒区域」である南相馬市小高区で「フルハウス」という名の本屋を開く。

明日は、福島市の西沢書店で書店員として働くことになっている。

そんな今日、わたしは福島駅の近くで和合さんと会って話をした。

わたしと和合さんは、互いの内面を覗くように顔を合わせ、迂路を介さず、儀礼抜きに語り出し、話したいこと、聞きたいことがたくさんあると言っているうちに、時間が来てしまった。

おしまいに、常磐線が全線開通する(東京オリンピックが開催される)二〇二〇年にわたしが計画している「浜通り演劇祭」の話と、二〇二一年に「震災十年」というタイトルのイベントを企画している和合さんの話をし、近いうちにその件で話し合うことを約束して別れた。

わたしと和合さんには、いくつかの共通点がある。

一九六八年の夏に生まれたこと、同じ時期にデビューしたこと、同じ歳の頃のひとり息子を持っていることなど色々あるのだが、いちばん大きいのは、自分の世界を閉ざさない、他者を締め出さないことなのではないかと思う。

和合さんは高校教師として教壇に立ち、わたしは店長として本屋に立つ。

わたしたちの前には、ここで暮らす人たちの顔が在る。

(いま、無意識のうちに「わたしたち」という言葉を使った)

わたしたちは、情熱や善意みたいなものに浮かされて、目の前にある顔を跳び越えて反対運動をしたり、無闇に希望を語ったりすることはしない。何故なら、わたしたちには目の前に在る顔から目を逸らすことなど出来ないからだ。

自己はこちら側にあり、他者はあちら側にあるのだから、その間を遮断する幕を下ろすことは容易い。でも、自と他はそれぞれに完結し、入り込むことの出来ない不可触の存在ではない。いったん繋がりを持てば流れ込むし、時にはあらゆるプロセスを超えて融け合い、一つの大きなうねりとなることもある。日常とは異なる一つの場を創り上げ、そこに集った人々が、そこで起きた出来事に一斉に集中することが出来れば、自他の垣根が取り払われる奇跡のような瞬間が訪れる。

今日の対談のテーマは「集う」ということだった。和合さんは「勝負」という言葉を口にした。口にこそ出さなかったが、わたしも勝負だと思っている。わたしたちは、今年の夏で五十歳になる。

解説

川本三郎

柳美里の文章を読んでいると、評論家としてときどき羨ましくなる。評論家の文章というのは、どうしても自分を殺した、客観的なものにならざるを得ない。たとえば書評を書くときには、その本がどういう本なのか、内容やテーマを簡潔に紹介する。小説ならストーリーを要約する。そして最後に少しだけ自分の意見を付け加える。客観的といえばまだ聞こえはいいが、実は無味乾燥の文章で、自分で書いていて嫌になることが多い。

それに比べると柳美里の文章はいつも血が通っている。激しい息づかいが聞こえてくる。作家の内面が確かに見えている。これは柳美里がいつもいま書かなければならないこと、本当に自分にとって必要なことを書いているからだろう。

本書はエッセイ集だが、よくある作家やコラムニストのお手軽なものではない。短い文章のひとつひとつに、『フルハウス』や『ゴールドラッシュ』と同じように作家の熱がこもっている。いま現在を本気で、必死に生きている柳美里の身構えが確実に伝わってくる。

「子どものころに私が心を許せたのは、死者たち――、物語を書いて死んでいったひとたたちだけだった」という冒頭の文章でいきなり、柳美里の微熱を帯びた世界にひきずりこまれてしまう。熱がある、といっても柳美里はただやみくもに思いのたけをぶつけているわけではない。青春の熱情にうなされて文章を書いているわけではない。むしろ逆だ。

柳美里は自分のなかの「ぎくしゃくした」気持になんとか言葉を与え、落着かせようと必死になっている。そのために本を読み、考え、文章を書く。出来上がったと思ったとたん、その文章は、もう自分の気持からかけはなれてしまっている。だからまた一からやり直す。壊わす。その運動の繰り返しのなかに、柳美里の文章の魅力がある。だからいつも躍動感がある。熱を帯びている。そして何よりも知的である。柳美里は、「読書という行為は、書物のなかに眠っている〈知〉と〈血〉を揺り起こすことである」と書いているが、それは柳美里の文章そのものについていえることである。そこにはいつも〈知〉と〈血〉が潜んでいる。

〈血〉だけなら、青春の荒削りの叫びのなかにうんざりするくらいある。〈知〉だけなら図書館の冷え切った書棚のなかにいくらでもある。現代の作家には、その両方を持つことが大事なのだ。

柳美里の文章は決して美文ではない。いきなり核心に迫ってくる。気のきいたことや、美しいことなどどうでもいい。いま自分は何をいいたいのか。書きたいのか。そこからすべてが始まっている。

ヴァージニア・ウルフの『ある作家の日記』を読んで、すぐに核心に触れる言葉をつかみだす。「人は深い感情からものを書かなくてはならないとドストエフスキイは言った。ところで私はそうしているだろうか。それともことばの好きな私は、ただことばでものをこしらえているのだろうか」。ウルフの本気に柳美里の本気がたちどころに反応する。評論家がウルフを論じるとすぐに意識の流れだのモダニズムだのに話がいく。客観的なウルフ論になってしまう。しかし、柳美里はウルフのなかに自分と同じように、言葉と格闘し続けた作家を見る。そこに激しく共感する。

「正直言って、もう一行も書けなくなるまで書きつづけるつもりだ」というウルフの言葉に柳美里は胸を打たれる。

作家にとって重要なのは、「ぎくしゃくした」気持に言葉を与え続けることだ。前人未踏の文章を書くことだ。社会的な事件に関して何か発言したり、天下国家を語ることではない。ボランティアに参加することでもない。作家の仕事は、言葉を探し続けることだ。言葉がなかったら作家は、抜け殻だ。

柳美里はそのことに自覚的である。タレント化していく若手作家が多いなかで、柳美里ほど必死になって言葉を探し続けている作家はいない。探しては捨て、作っては壊わす。水のなかで窒息寸前の人間が、かろうじて水面に上がってきて息を吸い込む。それと同じように柳美里にとっては、言葉は、空気そのものなのだ。物語性、文体、テーマ。確かに小説にとってそういうものは大事だ。しかし、そんなものは結局は、小説を書くための技法である。柳美里が求めているのは、技法のもっと底の底に沈んでいる言葉なのだ。息をとめてその言葉を探しに行く。ようやく見つけて水面に上がって息を吸いこむ。しかし、すぐにまた次の言葉を探しに海の底に潜っていく。

「私の日記は、父母や弟妹や担任の教師や級友の悪口を書くことではじまった。鉛筆をカッターナイフのように握りしめ、憶えたての平仮名を書き刻んだ。最も多用した言葉は〈ころしてやる〉だったと思う」

柳美里は言葉を書くのではない。書き刻む。自分の心のなかに刻みつける。当然、自分も傷つく。「そのころの私にとって言葉は痣であり裂傷であった」。言葉について、これだけ痛みを持ったことをいえる作家はいない。そして確かなことは、「痣であり裂傷であった」にもかかわらず、柳美里は言葉なしには生きてこられなかったことである。何度か、自殺未遂を試みるほど精神がズタズタになりながらも死なななかったのは、最後には、すがりつく言葉があったからだ。言葉は、柳美里の生命そのものだったといえる。

たとえば名文家といわれる志賀直哉には文章はあったが、言葉があったとは思えない。逆に、悪文家の太宰治には文章はなかったが言葉はあった。この差は大きい。どちらがいいとはいえないが、柳美里が太宰治を好んで読んだというのはわかる気がする。柳美里にとって言葉は、生きている日々の呼吸、身体から生まれてくるものだからだ。それなくしては一日も生きていけない。あるいは、こういういい方も出来る。神戸の少年Aは、文章は書けたが言葉は持っていなかった。自分だけの言葉を探して、必死になって海の底に潜ることはしなかった、と。それほど言葉は、生きるうえで大事なものなのだ。ひとは考えや思いがあるから、それを言葉にするのではない。言葉があるから考えや想いが生まれる。かつてオスカー・ワイルドはそういった。だがほんとうにそうか。そもそも前提となるべき言葉が始めから失われていたら、どうしたらいいのか。

韓国を訪れたとき、柳美里は、誰からも「なぜ、韓国語をしゃべらないんですか?」と聞かれたという。それに対して、かろうじていえることはひとつだった。「わたしは韓国語を知らないのではなく、失くしたのだと思っています」。痛ましく胸を打つ答えである。はじめから言葉が失われてしまっている。よりどころになる言葉がない。周囲の人間との共通の言葉がない。柳美里にとって言葉が大きな力を持ってくるのはそのためなのだろう。柳美里はいまもなお、鉛筆をカッターナイフのように握りしめ、憶えたての言葉をノートに書き刻んでいる。

（かわもと・さぶろう／評論家）

新版あとがき

本書の親本は一九九六年十二月に出版された。もう二十五年も前のことである。「窓のある書店から」というタイトルを決めた二十八歳のわたしは、まさか、自分が書店の店主になるとは想像だにしなかったはずだ。

二〇一八年四月、わたしは福島県南相馬市小高区に「フルハウス」という書店を開いた。小高は、原発事故によって「警戒区域」に指定され、住民数がゼロになった地域である。二〇一六年七月十二日に避難指示は解除されたが、居住人口は現在三七七八人、原発事故以前の三割程度である。

東日本大震災で被害の大きかったのは岩手、宮城、福島の三県だが、福島の場合は、十年が経った現在も、原発の廃炉や除染や処理水の海洋放出の問題に直面している。

二〇二一年五月現在福島県から県外への避難者は二万八二二六人、県内避難者は六九九六〇人である。震災と原発事故の関連死は二三二六人。直接死の一六〇五人を大きく上回り、関連死の中には自死が一一八人（二〇二〇年十二月末時点）含まれている。

旧「警戒区域」の中でも、わたしが暮らす小高と隣町の浪江町における自死が多い。二〇二〇年四月の緊急事態宣言の最中にも、浪江に帰還した五十代娘と八十代父親の心中したとみられる遺体が自宅内で発見された。

ほぼ全域が帰還困難区域である原発立地自治体（双葉町、大熊町）では、帰還を諦め、新たな場所で新たな生活をはじめている住民が多いのに対して、小高・浪江では帰還者も避難者も、暮らすということに心が揺らいでいる。帰る？　帰って元通りに暮らせる？　帰ってよかったのか？　帰らないで別の場所で暮らした方がよかったのではないか？と自分に問い続けているうちに、その問いに心が宙吊りにされ、微かな風でもつむじ風に煽られたかのようにくるくると回り、根元から千切れて落下してしまうのではないか――。

フルハウスには、高い壁に取り囲まれているような閉塞感に苦しんでいる人も訪れる。あなたが八方塞がりだと感じている世界、その世界が全てではない、世界は一つではない、世界は無数にある、ということを空間として表せる場所が、書店であり図書館だと、わたしは思っている。

この世で、書店と図書館ほど扉が多い空間は無い。

そして、その扉一つ一つが異世界に繋（つな）がっている。

扉とは、本のタイトルや著者名が印刷された頁のことである。

扉をめくれば、本の世界に一時避難することが出来る。

フルハウスは、二〇二〇年三月にカフェをオープンした。

増築したカフェスペースには、およそ十人が座れる大きな木のテーブルがある。数人がけの小さなテーブルは敢えて設置しなかった。苦しみながら苦しみから脱するには、他者の存在が不可欠である。原発事故の避難者と帰還者が、住民と旅人が出遭い、触れ合い、混じり合う場所と時間を創出したい、とわたしは思った。

現在は、新型コロナウイルスの感染予防のためにアクリル板の衝立で仕切っているが、感染が終息したら、元通りの大きなテーブルで見知らぬ者同士が語り合う場面が蘇るだろう。

フルハウスでは、コーヒー、紅茶、ハーブティー、ココアなどのドリンクメニュー、パフェやケーキなどのデザートメニューの他に、フードメニューもあり、春、夏、秋、冬ごとに内容を変更し、種類を増やしたり減らしたりしている。

今回紹介するのは、春メニューである。

「海の幸のクリームドリア」エビ、タコ、イカ、ホタテ、しめじ、たまねぎを使ったクリームドリアです。胃袋も心も満たされること、間違いなし！

「キーマカレー」福島牛と東北産の豚の合い挽きと、七種類のオリジナルスパイス。子どもは目玉焼きがうれしい。みんな子どもだ！

「赤のパスタ」福島牛と東北生まれの豚のミートソース。お肉の甘みと旨みを最大限引き出すために、じっくりコトコト煮込みました。

「ピンクのパスタ」エビ、タラコ、大葉、のりで心が華やぐお花見パスタ。

「緑のパスタ」イカ、シラス、地場野菜をたっぷり使った春の到来を告げるバジルソース。

パスタを出そう、と思ったのは、澤口知之(のりゆき)さんの顔が浮かんだからである。

わたしが、澤口さんがシェフで店主を務める東京乃木坂の「トラットリア　ラ・ゴーラ」を初めて訪れたのは、一九九三年のことだった。

わたしは二十四歳で、まだ小説を書いていなかった。『魚の祭』で岸田國士戯曲賞を最年少で受賞したことが話題になり、『SPA!』の巻頭グラビア「ニュースな女たち」で篠山紀信さんに撮影してもらい、撮影の後に篠山さんとスタッフのみなさんと共に、オープンして間もないラ・ゴーラで打ち上げを行ったのだった。

それから間もなくわたしは小説を書くようになり、担当編集者たちとの打ち合せを兼ねた会食の場所にラ・ゴーラを指定した。

一九九七年に『家族シネマ』で芥川賞を受賞した。受賞を記念するサイン会が右翼を名乗る男性からの脅迫電話で中止になった直後も、二〇〇〇年に伴侶だった東由多加が癌で死んだ直後も、わたしは寝不足で朦朧(もうろう)としながらラ・ゴーラを訪れた。

そんな時にメニューを開こうとすると、「今日は、澤口さんが、」とスタッフの男性に言われた。

　黙って待っていると、料理が運ばれてくる。その皿の上の料理の内容を憶えていないのは、心の中に大きな痛苦が居座っていたからだと思う。痛い、苦しい、つらい、悲しいという感覚と感情で心が塞がれていて、見るもの聴くもの全てが遠く、匂いも味もよくわからなかった。睡眠薬や抗鬱剤も常用していたし、拒食症も患っていた。

　それでも、ふらふらとラ・ゴーラを訪れたのは、澤口さんがわたしに出してくれた料理が、優しかったからだ。ひと口食べると、いつも「お母さん」と言いそうになった。日本を代表するイタリアンシェフの料理を、お袋の味だなどと言うつもりはない。そもそも、わたしは母親のことは「ママ」と呼んでいて、その「ママ」も、十六歳で家を出てから一度も声にしていないし、電話やメールやＬＩＮＥもしない疎遠な間柄である。わたしが子どもだった頃、母親はキャバレーのホステスで、料理をする時間は無かった。わたしには「お袋の味」は無い。

　澤口さんは、瞬間湯沸器とか無頼派シェフとか言われていたが（わたしもよくそう言われていた）、いつも、心の痛苦に触れるともなしに触れてくるような繊細な料理を出してくれた。澤口さんが厨房から出てくることはなかったけれど、食べながら、励ましや労り(いたわ)を超えた痛苦への共振みたいなものを受け取った。

　皿の上の色彩が美しかった。

でも、いま思い出そうとしても、涙の膜越しに見たようにしか思い出せない。水溜りに映った影のようにしか思い出せないのである。赤、ピンク、緑……

『en-taxi』（エンタクシー）は、福田和也さん、坪内祐三さん、リリー・フランキーさん、わたしの四人が編集同人を務め、二〇〇三年に創刊した文芸誌である。

二〇〇二年の秋だったと思う。

編集同人四人の初顔合せの場所も、ラ・ゴーラだった。

わたし、リリーさん、坪内さんの三人は初対面で、三人の接点は福田和也さんだけだというのに、肝心要の福田さんがいつまで待っても現れない。

あの時は、骨付きの仔羊とか甲殻類や貝類をこれでもかというぐらい使ったパスタや、そういう格闘系の料理が出てきて、澤口さんが、わたしたちの気まずい雰囲気を察して、目を合わさずに話が弾むように配慮してくれたのかもしれないな、と思った。

福田さんは血だらけのワイシャツで現れ、「駅で鼻血が出て」と言い訳をした。

『en-taxi』は翌年の三月に創刊し、編集同人は会議と称してはラ・ゴーラに入り浸ったが、澤口さんはラ・ゴーラを閉めて、すぐ近くに「リストランテ　アモーレ」を開店した。

わたしの内緒の結婚パーティーや、リリー・フランキーさんの『東京タワー～オカンとボクと、時々、オトン～』の一〇〇万部突破のパーティーはアモーレで行った。

よく、閉店まで澤口さんを待って、『en-taxi』の編集同人と、編集部の壹岐真也さん、田中陽子さんと銀座に呑みに行った。

わたしは、澤口さんと向かい合せになったことがない。いつも視界の右側に座っていて、ハイライトをくゆらせていた。

「ハイライト、東が喫ってた煙草だ」

「東さん、ハイライトだったんだ」

そんな会話しか憶えていない。

とてもシャイな人だった。

わたしは二〇一一年四月から福島の原発周辺地域に通い詰め、二〇一二年二月から臨時災害放送局「南相馬ひばりエフエム」で、地元住民の話を聴く仕事を始めた。

東京から遠く離れた南相馬で、二〇一二年にアモーレが閉店したことを知り、二〇一七年九月十九日に澤口さんが五十九歳でこの世を去ったことを知った。

坪内祐三さんも二〇二〇年一月十三日に、六十一歳で死んでしまった。

書店は本の日焼けを嫌って窓を設けないのが常識だが、フルハウスにはいくつもの窓がある。

窓は、二つの時間を隔てながら繋げている。死後の時間、生前の時間――。窓の外を見るたびに、懐かしい死者たちの眼差しを感じる。彼らは、過去となった窓の外の時間の方から、生きるべく残された窓の内の時間を眼差してくれている。

今回、『窓のある書店から』を新版として復刊するに際して、担当編集者の原知子さんが、澤口さんのパートナーだった、ということを初めて知った。

原さん、フルハウスの厨房には、澤口さんのインタヴューが掲載された『本場のパスタ』(KAWADE夢ムック―王様のキッチン)と、澤口さん監修の『パスタ・ブック』(平凡社)と、澤口さんとリリーさんの共著の『架空の料理 空想の食卓』(扶桑社)が置いてあります。

フルハウスの料理を作るのは、大熊町出身の白岩奏人(かなと)くん(十九歳)と、富岡町出身の関根颯姫(さつき)さん(二十歳)で、まだ料理の世界のはじめの一歩を踏み出したばかりですが、澤口さんのことは折に触れて話しています。

二〇二一年六月十九日　桜桃忌に……

柳 美里

初出一覧

韓の国にて　「One Korea」　一九九四年十月
不自由な言葉　「すばる」　一九九六年四月号
「〝恨〟を越える」ということ　「文學界」　一九九四年九月号
生と死の和解　「『幸せの背くらべ』公演プログラム」　一九九六年三月
欲望のリアリズム　「sawattari Vol. 2」　一九九六年一月
☆古都鎌倉、あるいは生と死の交錯する場所　「歴史を歩く Vol. 4　古都の紅葉　京都・鎌倉と北大路魯山人」　二〇〇七年十二月一日
☆カトリックの洗礼式　「文藝」　二〇二〇年秋季号
窓のある書店から　「図書新聞」　一九九三年九月二十五日〜一九九六年三月十六日
地下鉄の図書館　「小説現代」　一九九三年十一月号
天井の〈染み〉と短篇集　「週刊文春」　一九九三年八月十二・十九日号
七十九頁行き　「新潮文庫の１００冊」　一九九四年
奇妙な時間　「THE SHAKAI SHIMPO」　一九九三年五月一日
真昼の静止したとき　「THE SHAKAI SHIMPO」　一九九三年十一月三十日
雪の降る日に　「THE SHAKAI SHIMPO」　一九九四年二月二十二日

大人になってしまったら「朝日新聞」一九九五年二月二十八日
流れる「新潮社のハードカバー」一九九五年
寺山修司　ダゲレオ出版『寺山修司　青少女のための映画入門』一九九三年六月
河出文庫『青少年のための自殺学入門』解説　一九九四年一月
太宰治「新潮」臨時増刊号『新潮名作選　百年の文学』一九九六年七月
☆谷崎潤一郎「文藝別冊　谷崎潤一郎　没後五十年、文学の奇蹟」二〇一五年二月二十六日
☆芥川龍之介　鎌倉文学館　図録『愛とブンガク』二〇一四年四月
色川武大「朝日新聞」一九九五年九月十八日
☆阿佐田哲也　文春文庫『麻雀放浪記4　番外篇』解説　二〇〇七年十一月
荒木経惟　平凡社　荒木経惟写真全集7『旅情』解説　一九九六年六月
篠山紀信「アサヒカメラ」一九九六年七月号
司馬遼太郎　朝日出版社「司馬遼太郎の世紀」一九九六年七月
☆保田與重郎「en-taxi」No. 04　二〇〇三年十二月
☆福田和也　ちくま学芸文庫『日本人の目玉』解説　二〇〇五年六月
☆前田司郎　講談社文庫『愛でもない青春でもない旅立たない』解説　二〇〇九年十月
☆土方正志　河出文庫『瓦礫から本を生む』解説　二〇二〇年二月

☆和合亮一　現代詩文庫『続・和合亮一詩集』解説　二〇一八年八月

☆＝新版オリジナル収録

●本書は一九九六年十二月に小社より単行本、九九年五月にハルキ文庫として刊行された作品から一部削除をし、新たなエッセイを追加いたしました。

ハルキ文庫

まど しょてん
窓のある書店から（新版）

著者 ゆう みり
柳 美里

1999年 5月18日 第一刷発行
2021年 8月18日 新版 第一刷発行

発行者 角川春樹

発行所 株式会社角川春樹事務所
〒102-0074 東京都千代田区九段南2-1-30 イタリア文化会館

電話 03（3263）5247（編集）
03（3263）5881（営業）

印刷・製本 中央精版印刷株式会社

フォーマット・デザイン 芦澤泰偉
表紙イラストレーション 門坂 流

ISBN978-4-7584-4431-6 C0195 ©2021 Yû Miri Printed in Japan
http://www.kadokawaharuki.co.jp/［営業］
fanmail@kadokawaharuki.co.jp［編集］ ご意見・ご感想をお寄せください。

JASRAC 出 2104386-101